# 学会与自己相处

少女猫 著

中国画报出版社·北京

图书在版编目（CIP）数据

学会与自己相处 / 少女猫著 . -- 北京：中国画报出版社，2024.7
ISBN 978-7-5146-2346-8

Ⅰ. ①学… Ⅱ. ①少… Ⅲ. ①散文集－中国－当代 Ⅳ. ① I267

中国国家版本馆 CIP 数据核字 (2024) 第 023997 号

## 学会与自己相处

少女猫　著

出　版　人：方允仲
责任编辑：程新蕾
责任印制：焦　洋

| 出版发行 | 中国画报出版社 |
|---|---|

地　　　址：中国北京市海淀区车公庄西路33号　邮编：100048
发　行　部：010-88417418　010-68414683（传真）
总编室兼传真：010-88417359　版权部：010-88417359

开　　本：32 开（140mm×205mm）
印　　张：6
字　　数：180 千字
版　　次：2024 年 7 月第 1 版　2024 年 7 月第 1 次印刷
印　　刷：运河（唐山）印务有限公司
书　　号：ISBN 978-7-5146-2346-8
定　　价：52.00 元

阅读让我们成为仰望星空的人

见山见海见自己

一切都是纯净美好的样子。天空像一封蓝色的情书,白云是大段的情话

倔强绽放的野花开在角落里。愿你的人生只为自己绚烂

永远不要为了一些人和事停下自己的脚步或者迷失方向

# 推荐序 Preamble

## 一个人的春暖花开

苏东坡有言:"人间有味是清欢。"

一个人的小清欢,这种清雅的欢愉,正是来自我们对简单生活的热爱。

学会活在当下,因为"活着本身,就是人生最大的意义"。

那些生活中的小确幸,正在一而再,再而三,千次万次地,让我们看到希望,找到自己,活出自己,如"一蓑烟雨任平生"般洒脱。

人生漫漫,独处是时光送给我们的礼物,让我们得以重归心灵的家园。

独处是一个自我探索的过程,它会让我们直面自己的情绪,让我们更好地感知这个世界。

在这过程中有山川,有河流,有夏日的午后阳光,有树木在月光下的轮廓,有微风中植物的气息。

生活日复一日,或许普通平常,但是依旧可以找到瞬间的美好。

三餐、四季、人间烟火。

生命中的热烈和珍贵,藏于普通的日常中。

独处是一个人的清欢。清欢,无关乎物质,而在于心性。懂得清欢,自在生活,一个人可以琴棋书画;一个人可以诗酒茶花;一个人可以读书练字,听风声作响……一个人的小清欢,怡养性情,感受世间万物,学会取悦自己,不为物役。

得半日之闲,可抵十年尘梦。

且把思绪盛放在静好的时光里,细细品味。

寻一隅宁静，揽一缕清风。

不管沙飞，还是风起，都会隐入时空的长河，风化在尘光里。

善良和信仰，成就与磨难，时间让我们在多变的生活中找到无数个自己。

阅读就是人生中的任意门，让我们可以穿越到任何我们想去的地方。

我们阅读别人的作品，是在一遍一遍与作品的共情中，学到教养、风骨、耐心和趣味。

通过这些作品，我们会学会如何和自己相处。

爱自己有很多种方式，最重要的是真正享受做这件事的过程，用自己最舒服的方式生活。

真正的清欢，是能够从自己的实际出发，倾听自己内心的声音，让自己变得舒适而强大，形成自己的独立空间，而不是让外界的声音和想法缠绕着自己，要有独立思考和判断的能力。

人间有味是清欢，日子淡淡地过，生活慢慢地体验，于人间烟火中浮沉，亦留有余地给自己充实精神。

一个人，不必与外界纠缠，要精神独立而自知。

卸下心理的负重，在人间行走反倒稳健轻盈，将生活升华为一种对生命的诠释。

我们每个人都精心地浇灌着属于自己的生活内容。

我们要通过种种经历成为一个完整的个人。

日暖，草木生；感恩，平生欢。

每一刻都在回归，每一刻都在出发。

不管此刻的你是什么心情，都请用心阅读这本书，它会像在温润的夜风中闪动着的轻盈月光，为你照亮回家的路，赋予你前行的力量。

易小宛

# 目录 Content

## 1 / PART 1
### 一个人不孤单，日子自有小清欢

- 2 / 无人问津的时候，为什么不自娱自乐
- 6 / 在流量泛滥的时代，保持自己该有的格调
- 10 / 舌尖上的味道是自己的福报
- 13 / 重拾儿时的兴趣，把自己的疲惫与压力转移出去
- 18 / 把自己流放到某一个角落，有钱没钱出去转转
- 22 / 用合适的运动保持身体的健康状态
- 25 / 如何减轻负面情绪造成的生存焦虑

## 29 / PART 2
### 做自己吧，不是很好也没关系

- 30 / 你所处的状态，都是不断自证的结果
- 35 / 不要试图向别人证明你是一个好人
- 39 / 什么是危险关系，怎么建立良性关系
- 44 / 如何过滤无效评价，致力于有效评价
- 49 / 真正厉害的人，都喜欢一意孤行
- 52 / 把别人泼向你的恶意，画个盾牌化解掉

## 57 / PART 3
### 更改一下,你那个关于自尊心的错误设定

58 / 生命的存在感,从来都不是别人给的

63 / 你不一定非要去接别人甩过来的球

66 / 大声说"不可以",为了更幸福的自己

73 / 不漂亮是吗?那就让自己丑得有特点

77 / 如果你个子矮,那就让自己跑快点

## 81 / PART 4
### 修正荒谬的剧本,前方就是柳暗花明

82 / 最离谱的本末倒置,你没有把生命核心设定成自己

87 / 哪怕是精神胜利,也好过听天由命

92 / 保险化生活,被复制的自己和被安排的人生

96 / 和依赖同样害人不浅的,是习惯性盲从

100 / 抓住商机赚钱的永远只是少数人

104 / 过度信任经验,只会产生偏见

## 109 / PART 5
生活难免有点儿糟，给自己一点时间成长

110 / 世界是公平的，因为它对每个人都不公平
114 / 一个人受的苦，自有独到之处
118 / 接受不幸才是找到幸福的第一步
123 / 抱怨有什么用，还不如化悲痛为力量
127 / 天无绝人之路，除非自寻死路
131 / 你要明白，该在什么时间吃苦

## 137 / PART 6
面对挑战和未知，要有乘风破浪的勇气

138 / 你且大胆前行，岁月自有馈赠
142 / 人生如同一场冒险，你要勇敢一点
147 / 不要气馁，"雨下再大"又怎样
153 / 无法重来的一生，要尽量活得没有遗憾

## 159 / PART 7
### 做好未来规划，给自己铺设一种写意的生活

160 / 每个人心里，都应该保留一片灯火

164 / 阅读别人的作品是为了最终成为自己

168 / 认清一个重点：钱越存，价值越小

171 / 人生有梦不觉寒，一个人自有小清欢

# PART 1

一个人不孤单,
日子自有小清欢

一个人的清欢,也许胜过一群人的狂欢。
你可以活在当下,热烈而自由。

## 无人问津的时候,为什么不自娱自乐

你是否有那么一瞬间感到自己很孤独……那么,你有没有想过:我们为什么会孤独?

是因为被别人厌弃或排挤吗?是人海茫茫,四顾无朋吗?……不,那是因为你断开了和自己的联结。

独处时感到孤独,是因为我们感觉不到自己被别人在乎,为此我们想方设法获得外界的认可,结果不是兴奋异常,就是空虚迷茫。

为了抵抗孤独,我们一直寻觅前路知己,结果却不尽如人意。

琪琪曾经有一段时间非常痛苦,她痛苦的来源很单一,就是工作和社交的压力,不是她不想适应和融入,而是真的无能为力。

为了摆脱痛苦,琪琪也曾尝试过用酒精麻醉自己,结果醉是醉了,不仅千情万绪在酒精冲击下澎湃而起,还上吐下泻,把自己折腾得死去活来。

狂刷肥皂剧,尬笑看综艺,无聊过后,是无聊至极。

划开社交软件，刚对所谓闺密抱怨几句，人家却是肉眼可见地敷衍和随意，有时甚至还带着一点儿不耐烦。于是，琪琪又知趣地把想说的话咽了回去。

这当然可以理解，生活就像榨汁机，大家活得都不容易，谁也没有义务去负责抚慰你的悲戚。

再后来，琪琪经常点开通讯录，从上拉到底，又从底滑上去，思来想去，竟选不出一个可以拨打的号码。

于是琪琪下楼夜跑，气喘吁吁地跑到大汗淋漓，然后她上楼草草冲完澡，虚脱般地躺下，内心却依旧空虚与孤独。

这个时代，很多人都在抵御孤独与空虚，不遗余力，却有心无力，你是琪琪，我也是琪琪。

我们可能最终会一个人孤独老去，在这不长但也不短的日子里，你总不能日复一日地折磨自己。

活着，不是为了与自己为敌；快乐，才是我们每活一天的意义。

**在无人光顾的日子里，为了给生活强加些起码的乐趣，我们必须掌握一个人自娱自乐的能力。**

**而这个能力，只有我们自己能给。**

事实上，绝大部分的能力都可以通过刻意培养来实现，只要你能沉浸进去。

包括自娱自乐的能力。这个能力的基本核心是：不间断地充实自己。

**你要热爱工作，但你必须学会从严肃的工作中找到乐趣；你要热爱学习，但你务必要培养一些属于自己的兴趣；你每天要做有意义的事情，才能让自己高兴。**

假以时日，你会发现，这种努力真的会很有成果。

工作上，你可以去请教其他组的精英同事，你们没有工作交集，不存在竞争关系，只要你能看出眉眼高低，选择好咨询的时机，他应该很乐意为你解惑答疑。

只要交集多一些，经营好同事关系又有何难？

你可以试着去参与一些攻坚项目，做这些项目会很麻烦，也会很累，甚至可能得不到充足的休息，但是当你和队友一起攻克那些难题之后的满足感会让你感觉到，原来枯燥的工作中也隐藏着澎湃的乐趣。

你可以去学游泳，学插花，学瑜伽，学养鱼……只要你觉得有趣，都可以学，把狭隘的学习变成广义的兴趣。当你对一件事产生兴趣，并逐渐沉浸其中时，你会明白为什么有的人不会养花还把一盆盆花搬到家里，有的人一个月三千的工资还一头扎进瑜伽馆里——他们在学习，精进是每一个人的乐趣。

娱乐无所谓高级，只要自己喜欢，就是高级的。

如果你不喜欢严肃的文学，你大可以去读轻快的小说，不要怕故事情节毫无营养，能博你一笑不也很好吗？

哪怕生活得孤苦伶仃，你也得学会自己逗自己开心。一群人可以眉飞色舞，一个人也可以怡然自得。

假如没人愿意陪你玩，你就自得其乐，想做什么就做什么，想去哪里就去哪里，主打的就是一个自在。

倘若你想在有生之年做一个长不大的孩子，那也没问题。人生短短几十年，何必自己给自己设限，为什么一定要活在"成熟懂事"的魔咒里？

解除别人给的束缚，灵魂才会像花儿一样绽放，即便最后难免归于凋零，但起码，我们曾经鲜艳过。

## 在流量泛滥的时代,保持自己该有的格调

你是不是也曾问过自己:你希望自己的人生会是怎样的?高端的?文艺的?安静的?艳丽的?……

你曾无比憧憬的未来的自己是什么模样。

然而随着自己慢慢长大,很多人在百转千回之后才痛苦地发现:我把自己弄丢了!

我们权且把那些弄丢自己的人称作"丢丢"吧。

"娱乐至上,流量为王!"当丢丢喊出这句话时,她的生活就变味了。

丢丢是一个平平无奇的小女生。忽然有一天,丢丢被短视频制作团队招去成了一名网络艺人,在某个剧中饰演一个任性骄傲的富家女。

网络剧的流量还可以,固定观众已经达到两万余人。

丢丢对此很投入,执着于如何获取更多的流量。

丢丢始终相信,烦不烦人不重要,能够变现就可以。

当然，对于她这种普通家庭的女孩子来说，拿捏千金小姐的角色气质十分不易，丢丢为此看了大量肥皂剧，细心揣摩剧中那些富家千金的每一个心思，一言一行、一颦一笑……不像，不像，这也不像，那也不像！丢丢对自己十分挑剔，一遍又一遍重复模仿，气质还是不到位！

那就以富家女的生活姿态要求自己，直到潜意识里完全把自己当成富家女吧！

之后，丢丢对富家女的角色驾轻就熟，每次拍摄根本不需要时间进入角色，因为自己就是角色，角色就是自己。

丢丢的生活越发奢侈起来，用她的话说，只有切身体会，才能精准对位，她仿佛不是在演戏，而是千金小姐降临到市井之中体验生活来的。

为此她严重透支了自己的信用卡，但是有钱人不都是这样消费的吗？她坚信自己总有一天能够大火起来，到那时，钱还是问题吗？

每天拍摄完回来，她必须一再提醒自己"我是丢丢"，就是这样，有一次还是一不小心把父母当成保姆，毫无理由地颐指气使。

网络剧有结束的一天，丢丢却已经过不惯从前的生活，她时常忧郁地感叹："由俭入奢易，由奢入俭难啊！"

丢丢就在我们身边，甚至可能是我们其中的一个。

"丢丢"是流量时代的一个群体缩影，快餐文化的兴起与红利，使许多人在欲念的驱使下入戏太深，以至于尘埃落定曲终人散，依旧卸不下妆来，找不回曾经那个真实而又平凡的自己。

然而，夜阑风雨，凭窗而立，那些希望被成全的欲望，仍然还只是欲望；那些渴盼得到的风光，依旧还是幻想；那些费心经营的人设，原来经不起推敲；那些刻意粉饰的雅致，代价是金钱的透支。

原来，煞费苦心打造的虚拟人生，不过是黄粱一梦；原来，用错了地方的努力，改变不了人生的贫瘠，唯独改变的，是自己天真无邪的本性。

回过头再想想当初的自己，是不是也曾单纯温良，有些无邪，有些热血，有些直爽，表达自己的时候，哪怕人微言轻，也能够落落大方？

那个时候的你，是在以真实的气质，用自己可以接受的方式，坦然无碍地面对这个世界。

后来，很多事情变得让人无法接受，却又不得不接受，从最初被迫接受变成日后的习以为常，人也随波逐流。

于是你隐藏了越来越多的真性情，开始把自己内心深处判断是非的标准，无差别地以别人喜欢或自己羡慕的模式替代。

扪心自问，你如今活成了一个自己都不喜欢的模样，这就是你想要的人生吗？

内心会告诉你真实的答案。

香饵之下，必有死鱼。诱惑就像一朵玫瑰花，当你看到花开妖娆的时候，是否也看到了花朵下方的刺？

意随心动，魔由心生。在流量至上、诱惑无处不在的时代，人们需要保持自己该有的格调，即使那是一种众人皆醉我独醒的孤寂。

真正有格调的生活大概应该是这个样子的吧：

不需要刻意去取悦别人，大可不必围着他人打转；

没必要穿上戏装为难自己，戴上厚重的面具曲意交际；

更不该把生活打扮成别人喜欢或艳羡的样子，而只是为了获取从虚荣心理延伸出来的一点儿小乐趣；

我们应该为了物质铆劲儿努力，但不能为了物质迎合恶趣，更不能把自己物质化在纸醉金迷的世界里。

一个人自有小清欢，这就是你的格调，你的人生，你会失去青春，但永远不会失去魅力。

## 舌尖上的味道是自己的福报

这世上最容易满足而且最让人满足的欲望,就是口腹之欲。

古语云:"早起开门七件事,柴米油盐酱醋茶。"在这烟火人间,吃是一种生活情趣。

不管生活给了多少压力,不管工作有多么苦,不管囊中有多么羞涩,只要下班回到家里,拿出一点儿精心与精力,给自己做一顿看上去精致,不一定多好吃的晚餐,瞬间就能恢复元气。

在爱吃的人的世界里:

最好听的声音,就是锅碗瓢盆交响曲;

最好闻的味道,就是软熘里脊糖醋鱼;

最温暖的关怀,就是"想吃啥,我请你"。

事实上,美食之所以让人痴迷,不仅是因为油盐酱醋在舌尖上绽放的快感,还有制作、探索与创造的乐趣。

真正的爱吃的人必然集馋魂与厨艺于一身,其生活多彩而有趣，因为做菜真的很治愈。

想象一下，一捆辛辣的韭菜，几张薄薄的豆皮，加工处理一下，就是味美价廉的下饭菜，闲来无事晒个朋友圈，还能引来交口称赞，怎能没有成就感？

当然，你的手艺也许还有些许不足，人前献丑或许有点难为情，那就独自一个人快活享用。不管怎么说，自己做的饭菜，就是要比外面买的好吃，我们吃的不只是味道，还有满足。

细雨斜风作晓寒，淡烟疏柳媚晴滩。入淮清洛渐漫漫。

雪沫乳花浮午盏，蓼茸蒿笋试春盘。人间有味是清欢。

你可知道苏轼不仅词写得好，对美食也很有研究？

很久以前，苏轼又被贬了，这次的地点是惠州。

降职了，工资少了，习惯风雅的大学士又不太会理财，经常到了月底就一穷二白。

嘴馋了怎么办？羊肉吃不起，弄两根没人要的羊脊椎骨总可以吧？

把羊脊椎骨洗净过水，去杂物，入水煮，浇上一点儿黄酒，撒上少许食盐。半熟捞出，用火烤到外焦里嫩，骨香四溢，用竹签如同吃田螺般将羊脊骨里的碎肉剔出来下酒。

这躲藏在羊骨里的碎肉虽然不多，但取之入口，却别有一番滋味入咽喉，上心头。

有空的时候，去逛一逛菜市场吧。

比如新鲜的芹菜，像是红扑扑脸蛋的西红柿，一节一节肥嘟嘟的藕，像是碧绿翡翠的大白菜。

做菜的乐趣就在于看着葱蒜辣椒噼噼啪啪地在油锅里弹跳释放香气，那种满足感是非常生动真切的，那弥漫在屋子里的香气与朴素的人间烟火，就是生活最好的证据。

**闲来无事做了一道菜，把细嫩的春笋用水来煮，也不加调料，煮熟以后直接蘸芥末吃，辛辣和清新一同享用，这不正是生活的滋味吗？**

你看，这就是爱吃的人的快乐，不管自己做的东西是多么简单，都能大快朵颐，并且怡然自得。

人生不过就是酸甜苦辣咸，舌尖上的美食才是自己真正的福报，不为取悦别人，只求喂好自己。

## 重拾儿时的兴趣，把自己的疲惫与压力转移出去

小时候，我们很爱哭，发自肺腑撕心裂肺地哭，可哭着哭着，就笑了，咧开嘴，冒着鼻涕泡，傻笑着；长大了，总是笑，可笑着笑着，夜深人静的时候，又哭了，还是一样地发自肺腑撕心裂肺。

小时候，我们喜欢在手腕上画手表，那些不会动的指针，一眨眼便带走了我们这辈子最好的时光；如今我们手上戴着浪琴或天梭，穿梭于城市的各个角落，却无论如何也找不回儿时的快乐。

小时候，我们活的是一种心情，可如今，我们活的是一种表情。

"呵，多想过一个六一儿童节。"丫头自嘲般地如是说。

无精打采地走进小区，丫头嘴里小声嘟囔着："早知道生活这么累，当初就不该'下凡历劫'了。"

丢，丢，丢手绢，

轻轻地放在小朋友的后面，

大家不要告诉他，

快点快点捉住他，

快点快点捉住他！

熟悉的歌谣，苍老而又欢快的声音，一下子吸引了丫头，她忍不住循声望去。

原来，是小区里的几位奶奶在做游戏，别看她们双鬓已经染上了白霜，加起来起码有300多岁，但她们依旧身形灵活，步伐轻盈，而且眉飞色舞，神采奕奕。

"奶奶们真可爱。"丫头喃喃自语。

是啊，这是多么可爱的画面，多么令人艳羡的场景。

可爱的是，人到晚年，依然能像稚童一样，挥洒自己努力保留下来的天真，相互追逐着，开心玩耍着，毫不在意恶意的目光与评价，从内心深处放声欢笑着。

令人艳羡的是，经历了几十年的风吹雨打，她们依然没有老态龙钟，没有单调枯燥，那颗追求快乐的心自始至终都绽放着，她们是怎么做到的呢？

丫头想起金庸笔下的老顽童，会心一笑："童心不老，乐而忘忧，这大概才是把握人生乐趣的真谛吧？"

刚走过小区的活动广场，一只白色的短毛小奶猫突然跑了过来，挨着丫头的裤脚，微微弓起身子，翘着尾巴，仰着下巴，拿清澈干净的大眼望着丫头，喉咙中响起"呼呼"声。

丫头知道，小家伙这是在向她示好呢。自从喂过它一次以后，这小家伙就缠上了她，每次见到她，都会屁颠屁颠地跑过来，摆出一副"我喜欢你，我很乖"的姿态，那意思大概是："小仙女，求收养，我不挑食的……"

丫头从小就很喜欢猫，小时候最大的愿望就是抱养一只漂亮的小猫咪，但是，妈妈不喜欢。没办法，丫头只能搁置自己的愿望。

长大以后，丫头也曾想过去宠物店抱一只猫回来，但是，男友不同意，因为他讨厌猫咪掉毛。为了爱情，丫头只能再次放弃自己的愿望。

再后来，工作很忙，每天早出晚归，落得一身疲惫，丫头便彻底打消了抱养猫咪的念头。

这只小奶猫应该是小区居民弃养的，很漂亮，也很通人性，只有五个月左右的样子。丫头下班经常能遇到它，它对人类似乎没有多少警惕心理，显然，它还是一个天真无邪的猫孩子，只是区区两根猫条，这家伙便与丫头结下了深厚的友情。

听着童谣，丫头蹲下身，将小家伙轻轻抱起："走，我带你回家！"

丫头现在可忙了，每天下班回来还要拖着疲惫的身体，添猫粮，铲猫砂，还要陪猫玩耍。忙完以后，还必须给猫拍个视频或照片，顺手给猫美颜一下，再配个简短的文案：讨厌的家伙，我欠你的呀！

然后，不时地戳开手机，看一看今天又有哪些网友小伙伴给自己的猫咪点赞。

有没有人羡慕如今的丫头年纪轻轻就有了一只猫？

现在的人，经常不敢把自己真正的想法表达出来，因为年龄越大，迁就、顾虑的事情便越多，于是变得越来越胆小，越来越麻木，越来越消沉，越来越不敢声张自己的意愿。

然后自己活成了一个工具人，累，却索然无味。

我们一直想改变这种精神状况，一直想，却始终想不出个所以然来。

因为我们不知道，该如何在自己的精神世界里重拾乐趣。

那么你有没有想过，我们最快乐的日子是什么时候？

对了，是儿时。

为什么儿时的我们那么快乐？

因为简单，因为纯洁，没有那么多的矫情与顾虑。

现在我们拼了命在社会中挣扎，只为赚取碎银儿两，致使自己的精神世界奄奄一息，却忘了我们曾经拥有过人生的乐趣，这究竟是不是本末倒置呢？

如果你愿意，真的可以试一试，重拾儿时的兴趣。

你喜欢跳舞，就去学跳舞；

你喜欢写书，就埋头去写书；

管他有没有人看，跳的是爱好，写的是心情，再多的钱也难买自己开心。

你喜欢做菜，就去学做菜；

你爱养小动物，就去养可爱的小动物，

只要遵守法律和公序良俗，你大可以活得很随意。

你想画画，就伏案乱涂鸦；

你想健身，就伏地练瑜伽；

把一整天的疲惫、压力与委屈，倾注于自己由来已久的兴趣，像小孩子那样简单、直接地做着自己喜欢做的事情。

如果年龄只是束缚我们放飞自我的枷锁，那么忘记年龄又有何不可？

**人生不过短短数十载，实现了自己的价值也好，尚未实现也罢，不要过于纠结得或失，执着于如何获得更多的物质。试着像孩子那样，一块小石子也能玩出乐趣，玩累了，就在夜深人静的时候用力抱抱自己，然后告诉自己：宝贝，你是最棒的！**

人生其实没那么大压力，用孩子的思维来看世界，这个世界根本毫无压力。

快乐很简单啊，无非就是把自己当成一个小孩子嘛。

## 把自己流放到某一个角落
## 有钱没钱出去转转

我们忙碌于生活的方寸之地,在两点一线上丈量距离,浑然不知人生已临大敌。

这个大敌叫"狭隘"。

怎么个狭隘法呢?

鲁迅先生笔下的阿Q,就很是"鄙薄城里人"。

用三尺三寸宽的木板做成的凳子,未庄人叫"长凳",他也叫"长凳",城里人却叫"条凳",他想:这是错的,可笑!

油煎大头鱼,未庄都加上半寸长的葱叶,城里却加上切细的葱丝,他想:这也是错的,可笑!然而未庄人真是不见世面的可笑的乡下人呵,他们没有见过城里的煎鱼!

嗯,的确可笑,狭隘有时让我们变得很可笑,然而我们并不知道。

一位山西婆婆和一位东北儿媳一起吃饺子。

婆婆说:"吃饺子你怎么不倒点儿醋呢?"

东北儿媳十分诧异:"吃饺子不应该蘸酱油吗?"

谁对谁错?没有对错!

**倘若我们都能够认识到,每个人都有自己的想法和喜好,每个人都可以追求自己的乐趣和价值,只要不违反法律和道德,不妨碍别人的生活,那么完全可以随自己的心,吃饺子想蘸醋就蘸醋,想蘸蒜酱就蘸蒜酱。**

明代董其昌有云:"读万卷书,行千里路,胸中脱去尘浊,自然丘壑内营。"

这句话的意思是想告诉人们:行走于天地之间,切身去体会这个世界的人文现象,是一种最直观、最真实的学习方式。

多走走,多看看,会使你领悟到很多我们习以为常、司空见惯的东西,其实并不是必须如此。

当然,行千里路,也不能走马观花,出去转上一大圈,结果只是丰富了朋友圈里的自拍,那是行走的摄像头,长了别人的见识而已。

读书,要善于思考,触类旁通,学以致用;

旅行,要边走边学,深度旅行,融会贯通。

把自己读到的、看到的、想到的、听到的,在心里做个冥想,客观总结成自己的常识，这样才会真正发挥它们该有的作用。

曾经在职场上遭遇一些不公与不顺，百思不解，受不了气，离了职，每天窝在家里，没过多久，便觉得自己荒废了。那些憧憬的、期冀的、渴望的似乎越来越遥远，越来越模糊……

人生到底应该什么样，这辈子究竟为什么而活，凭什么累死累活还要仰人鼻息？

闭门造车，终究无法顿悟。世界这么大，最好去看看。

在乡村，你可以看到门前的柳树下，一位满脸沧桑的老人，自顾自抽着旱烟，或是编着竹篮，他这一辈子可能都没有攒下多少钱，但这并不妨碍他知足地快乐着；

在藏区，你可以看到住所简洁、衣着朴素的人们每天迎着初升的旭日，带着满足的笑容，虔诚地祈祷。

在法兰西，你预约了一位司机，他迟到了很久，居然还一脸温柔地对你说："美丽的女士，请不要着急……"

在澳大利亚，你会看到工人们一边喝着咖啡一边聊天……这，是工人该有的样子吗？

是的，有些我们以为不应该出现的现象，事实上就真实存在着，而且，从他们的角度看，并无不妥。这就是不同地域、不同文化、不同习俗所造就的不同生活。

这些所见所闻，所思所想，是你蜗居在家所完全无法理解和领悟的。

英国作家切斯特顿说过:"旅行是最好的学校,而世界是最好的教科书。"

**旅行,可以让我们知道世界的多元、生命的多样,感悟到自己对于人生其实有选择权,并发现这世界其实蕴藏着无穷无尽的可能。**

可以让我们在面对人生的磨难与抉择时,多一份思考,多一份选择。

旅行的最大收获,其实是让我们通过对世界的重新认识,静下心来审视自己,重新认识自己,知道自己真正想要的是什么。

当你感悟到生命可以拥有无数种活法以后,大概就不会固执地认为某种生活方式才是最好的,大概就不会因为理想与现实的差距而满心抑郁,大概就不会极力委屈自己去迎合别人的认可、听从别人的声音……

因为你知道了,生命有无数种活法,人生有无数种可能。

## 用合适的运动保持身体的健康状态

不知从何时起,减肥成了女生之间聊不完的话题,成了朋友圈中和美食、旅游、晒娃并列的又一个固定的主题。

爱美之心人皆有之,尤其是女孩子,为了保持姣好的身材而"不择手段",有问题吗?

当然有问题。

生命最美丽曼妙的姿态,是健康美。

倘若我们因为爱美而损害了健康,那会本末倒置。

近几年,瑜伽在国内十分风靡,那么咱们今天就谈谈瑜伽吧。

瑜伽起源于印度,据说最早出现在《爱经》中。

古印度人认为,欲望是魔鬼,要控制它极不容易,怎么办?

——使用高超的技巧突破身体的极限,以此压制蠢蠢欲动的欲望,而这种从"低级的自我"通向"高级的自我"的方法,就是所谓的"瑜伽"。

其实，如果把瑜伽单纯说成一种健身运动，并不严谨，它蕴含着哲学，早期曾被定义为一种修行。其最大的作用，不仅在于减肥塑形，还在于心灵净化和精神安抚。

虽然瑜伽能够控制血压，刺激身体产生抗抑郁物质，甚至对夫妻生活也具有一定的改善作用，但无论是以此调养身体还是调整心境，都是一个需要长期积累、缓慢推进的过程。更重要的是，要以正确的方法练习正确的瑜伽。

事实上，如果不偏听偏信那些单纯以盈利为目的的非正规瑜伽教练的一面之词，多查询多了解，我们就会发现，因练习瑜伽导致身体损伤的案例比比皆是，这其中绝大多数都是因为盲目地听从建议，挑战自己的身体极限。

要知道，成年人的骨骼结构和韧带已经完全发育成熟，过度地将力量施加在脊柱、颈椎、胸椎、腰椎这些关键关节上，将会导致骨骼受损提前老化、韧带撕裂、脊椎受伤、胸椎强直等一系列问题，而一味追求拉伸扭拧，则很容易导致肌肉纤维损伤、松弛。

有时候，因为爱美心切，我们急于求成，不顾身体的承受能力，一味追求锻炼的高难度，结果却适得其反，美丽未成，健康还成了一种奢望。

那么，是不是就不能练瑜伽了呢？当然不是，就像前面说的那样，瑜伽虽好，但练习一定要慎重。

> **Tips**
>
> 练习前，多做一些功课，对瑜伽细致了解，掌握注意事项（其实不只瑜伽，做任何运动我们都不应该大意）；
>
> 练习时，应由简入深，从一些简单的小动作练起，持续这个过程，为身体接受难度动作打好基础；
>
> 练习一段时间以后，可以循序渐进增加强度，但不要过分追求高难度的动作和体位，根据自己的身体情况选择合适的方式，不要去勉强尝试那些带有一定风险系数的体位和动作。

当然这里只是以瑜伽为例，其实适合我们健美的运动非常多，具体练习什么，大家各依所好，各取所需。

## 如何减轻负面情绪造成的生存焦虑

当你被生活中林林总总的琐事搅扰得直发脾气；当你为车、为房、为儿、为女焦虑到不能自已，你有没有想过，为什么会出现如今这个局面？究竟是谁，夺走了你的优雅，促成了你的戾气？

很显然，不是别人，正是你自己。是你给了自己太大的压力。

压力是这样一种东西，它可以在人慵懒懈怠的时候突然袭来，成为催人奋进的天使；也会在人激进亢奋的时候无限膨胀，化身摧毁心态的恶魔。

雯雯的故事就很耐人寻味。

雯雯称呼自己为"睁着眼睛睡觉"的人，听上去很恐怖是不是？

事实上，雯雯的境况的确有些恐怖。

大学毕业以后，雯雯如愿进入外企，待遇非常不错，生活优渥，可是她却说:"我每晚都很害怕,只敢闭一只眼睛睡觉。"

推销印刷机是雯雯的主要工作。年初,外企老板给每个人定下了定额任务,只要销售额达到2000万人民币,就可获得年终奖20万人民币;完不成的,不好意思,只有劝退。

走出会议室,雯雯就觉得自己的小心脏在怦怦跳:20万!拼了!

披星戴月,东奔西跑地拼了一个季度——太郁闷了!离自己的预定目标还差一大截呢!

雯雯急躁起来:是不是我不够拼?我究竟哪里做得不够好?是不是我对客户服务得不够周到?加油,再努力一点,你行的!

可是,头发掉了一地也还是不行,照这个态势发展下去,20万要泡汤了啊!

雯雯不敢进入深度睡眠,万一客户夜里打来电话咨询呢?

雯雯的脾气变得越来越坏:客户不签约她会在背后用恶毒的语言问候人家;游戏不过关她会气得拍桌子;爸爸妈妈在电话里多嘱咐几句,她也会气急败坏地挂掉电话。

曾经那个精致可爱的小女孩,一时间不知道跑到哪里去了。

其实,脾气这个东西,除了反映性格,有时候也会反映人的境遇。

雯雯在很多人看来是幸运儿,升学、就业基本一路绿灯,年纪轻轻便成了很多人艳羡的外企精英,这条件,还有什么不满足的呢？

但问题是，她的同学更厉害！

悠悠这个曾经跟在自己身后蹭吃蹭喝的小丫头，已经出国高就了；海燕，就是那个一边上学，一边做校园销售的东北姑娘，竟然有了自己的公司……

"就这五光十色的朋友圈，谁还睡得着觉啊！"雯雯越想越郁闷，拼了！

雯雯显然又亢奋了。

人的欲念太大的话，如果全力以赴仍不能达到目的，压力就会成为吞噬生活的黑洞。

这当口儿，奋斗也就变了味道，整个过程充斥着紧张与压抑，乐趣全无。时间一久，与日俱增的疲劳与恐慌，不能自抑的激进与彷徨，便占据了生命的主场，人也变得像疯狂的泰迪一样，外强中干，还喜欢肆意攻击。

欲念，的确会把好人逼成坏脾气。

人是需要放松与发泄的，因为积劳过甚，激进太久，焦虑就会像无名之火越烧越旺，而能够发泄的渠道其实很少，因为发泄的代价一直很高。

是的，过于追寻人生价值就很容易引发生存焦虑。

你应该为自己量身定做一份健康的生活进程表了，让自己劳逸结合，活得有松弛感。

那么，如何在一个快节奏、充满压力的社会中尽量保持松弛感呢？

首先，为了保持松弛感，我们需要给自己一些休息的时间。在繁忙的工作或学习之余，找一段时间放松自己是非常必要的。可以去散散步，听听音乐，阅读一本喜欢的书，或者参加一些放松身心的课程，如瑜伽或冥想。这些活动可以帮助我们放松紧张的身心，恢复能量。

其次，我们还应该培养一种积极乐观的态度。面对生活中的挑战和困难，我们不能过于焦虑和紧张，而是要保持冷静和乐观。遇到困境时，我们可以试着转变思维，寻找解决问题的方法。相信自己的能力，相信一切都会好起来。

此外，与家人和朋友保持良好的关系也是保持松弛感的关键。与亲人、朋友交流和分享，可以缓解我们的压力，舒缓负面情绪。找到信任的人倾诉自己的困惑或烦恼，他们可以给予我们支持和鼓励，使我们心情更加轻松愉快。

最后，我们还应该注重自身的身心健康。良好的饮食习惯、充足的睡眠和适当的运动都对我们的身体和心理健康非常重要。合理安排时间，不要给自己太大的压力和负担，给自己一些放松和享受的空间。

# PART 2

做自己吧,
不是很好也没关系

尽管外面的世界很喧嚣,我们始终都要保持内心的那份坚持。

## 你所处的状态，都是不断自证的结果

这里有一个对你来说可能很陌生的心理学术语，叫"自我实现预言"，什么意思呢？

举个例子，如果你经常对别人形容自己有多么悲惨，并且认定这就是真相，由此自怨自艾，那么你对自己的"诅咒"极有可能成为现实，你会变惨。

这个原理非常简单：人有这样一种习性，无论如何，务必要向别人证明自己是对的，为了自证，会不断向自己阐述的方向靠拢，选择性地认知、记忆，或制造某些事情来证明自己的正确性，最终，使观点实现——你看，我说的没错吧！

事实上，你现在所处的状态，不管好坏，都是通过不断自证实现的。

一位阿姨三年前突发脑溢血，做了一个微创手术。

疾病对任何人来说都是不幸的，但我们应该努力使不幸朝着最好的方向发展，在不幸中制造一种万幸。

这是一种励志的思维，但事实上它并不是心灵鸡汤，也不是"站着说话不腰疼"，因为苦难中你所表现出来的姿态，最终一定会转换成你往后余生的模样。

虽然抢救得很及时，这位阿姨术后恢复也不错，但她的左侧肢体暂时失去了行动能力。

"还好不是右侧。"亲友疼惜之余，找到了一点儿万幸。

医生也送来安慰："配合治疗，好好锻炼，把握好前六个月的黄金恢复期，你这种情况，一般是能够恢复七八成肢体行动能力的。"

可以了，不是吗？完好如初不现实，通过努力还可以达到最佳恢复程度，而这也是阿姨当前的最优选择。

脑出血术后一般有一个黄金恢复期，患者术后须在医务人员的专业指导下，做好复健和锻炼，这很关键，将决定其身体复原程度。

阿姨术后醒来第一件事就是痛哭，然后诉说自己的不幸。

阿姨出院后便不肯再去医院做复健，不是因为心疼钱，阿姨是有医保的，而是她觉得医院人多闹心。

无奈之下，子女便去专业的康复机构请人上门，又去私人诊所请人上门针灸。

多花点儿钱无所谓,只要她能重新站起来,走出去,带着笑容走完自己的余生,哪怕以后的路有点儿颠簸不平。

可阿姨不肯针灸,她说那么长的针扎下去肯定特别疼,为了证明自己没错,每次针灸她都发脾气,或者大呼小叫,再后来,只要大夫一拿出针来,她的腿就开始抽筋。

这无疑是心理作用。我们不断向自己暗示某一件事情,久而久之,这件事情便在自我认知中成了事实。

至于锻炼,阿姨怕疼怕累又怕摔倒,又不知听谁说的,神经修复以后,自然而然就能站起来了。于是她只是在康复人员面前做做样子,康复人员走后,她便偷懒;子女督促,她就哭闹。为了证明自己的确很累,每次都是走两步便开始骂骂咧咧,然后气喘吁吁站在那里,不是抱怨自己为什么会患上这种病,就是倾诉自己每走一步有多么辛苦,喋喋不休,直到大家让她休息才肯作罢。

就这样与家人、康复人员"斗智"了六个月,任凭大家怎样努力,阿姨的身体始终没有多大起色。患上这种病,不吃苦,不苦练,怎么能日渐复原呢?

如今已然三年有余,阿姨仍然走不出那个几十平方米的屋子,每天在客厅里走几圈,依旧喋喋不休。但已经没有人再督促她了。

人总是习惯以"自证"的方式去伸张自己的主张,即便它是错的。就像你说一个谎,要用一百个谎去自圆其说一样,其实从未骗住别人，不过是在蒙骗和麻痹自己罢了。

人又总是习惯将自己的悲惨归咎于外因，通过极力指责外界来获得自我谅解——我的失败、痛苦、穷困等，都是别人造成的，我是一个受害者！

这种将一切不快乐、不幸福、不美好归责于外因的方式，的确会给自己带来短暂的收获——同情、安慰，甚至是帮助，不必为自己的失败或痛苦承担责任，甚至能够获得"我始终是对的"的错觉。

这看起来好像真是一件好事，因而你会乐此不疲，渐渐成瘾。

但实际上这会让你将自我与外界对立起来，久而久之，在"自证"心理体系的引导下，淡化了内在自我，丧失了人生掌控能力。

所以此时仍在自怨自艾的你，接下来只会不断自证，结果就是越自证越悲惨，如此循环，最终活成了真正的受害者，整天觉得自己很悲惨，最终一直悲惨下去。

客观地进行自我审视是当务之急。

当你再次想要将不幸归咎于外界时，请质疑并质问自己：我是否在为逃避自己的责任找借口，并以此精神虐待他人？

如果你愿意客观，内心会告诉你真实的答案。

与此同时，请客观地面对人生的失控感。事实上，每个人都有自己的不容易，并非只有你零落成泥，有苦可诉。你要做的就是稳住自己的心，理性看待当下生活给出的每个课题。

面对生活，保持客观才是一种乐观，这种客观让你看起来阳光又可爱。

接下来，你要重塑一个健全的自己，对发生在自己身上的每一件事负起应负的责任，即使别人真的有错，也要对自己负责。

这不是教你逆来顺受，而是，哪怕是别人的过错造成了我们的悲惨，我们也不能让悲惨继续下去，要及时修正好自己，向前看，争取更好的生活。

## 不要试图向别人证明你是一个好人

甲：你想做一个什么样的人？

乙：我想做一个好人！

甲：你可以做一个好人，你也应该做一个好人，但你不必向别人证明自己是一个好人！

什么，我们连向别人证明自己是个好人都不应该吗？

从某种意义上说，的确如此。

做一个好人，会有很大的约束和限制。你努力向别人证明你是一个好人，等于向别人强调：你们尽可以肆无忌惮地伤害我，而我绝不会以过激的反击来捍卫自己，因为我是一个好人。

在生存的博弈中，这叫提前缴械。

你已经提前将自己置于任人宰割的境地，那些心存不良的人为什么还要对你客气？

提醒一下，这个世界上善良仁义的人很多，但心思龌龊的人也的确存在，害人之心不可有，但防人之心不可无。

所以，无论任何时候，都不要试图向别人证明自己是一个绝无仅有的好人，也不要不论是非原则，一门心思只做一个所谓的好人。

活着，我们问心无愧，默默去做一个好人便好；遇事，我们拿出善良，给予别人力所能及的帮扶即可。

然而面对欺压与罪恶，我们还有必要表明自己是一个好人吗？想想农夫与蛇的故事。

女作家三毛曾在美国留学，室友是几名外国女学生。

大家都是留学生，家庭环境也都相差无几，按理说不应该存在歧视或霸凌现象。

然而东方女性骨子里的谦逊与谦让，让三毛主动承担起了打扫卫生的责任，她坚持每天早起，将寝室内一切杂务统统揽到手中。

原本几位外国女生还有一点推让，久而久之，便习以为常，而且变得懒散成性，连内衣鞋袜都到处乱扔，起床以后被褥亦不整理，因为在她们看来，这是三毛的"工作"。

此时的三毛，俨然已经成了别人的免费女用人。然而反抗是没有的，因为她愿意做一个好人。

有一天，三毛病了，心力交瘁，自然也就没能将寝室收拾得像之前那样井井有条。几位外国女生回来以后，看到凌乱不堪的现场，当时便发起脾气——你为什么没有把自己该做的事情做好！

三毛终于忍无可忍，虚弱地起身，将一些原本已经整理好的物件扔了出去，口中大喊："我是来留学的，不是你们花钱雇的用人！凭什么我要为你们服务！我做了这么多事，你们知道感恩吗？你们难道连整理自己的物品都不会吗？"

她们呆住了，从此以后再没有将三毛当作女用人看待……

做善良人，行善良事，为人宽宏，助人为乐，不计得失，自然值得称赞，但凡事都应守住底线。倘若为了向别人证明自己是好人，事事迁就，使美德脱离情境、泛滥成灾，就会助长他人恶习，最后只能"我为鱼肉，人为刀俎"。

所以有时，你的善良必须带点儿锋芒，不能在所有的情况下，以好人自居。

比如，受人霸凌时，就不能做好人。

被霸凌的原因很简单，因为霸凌者认为你是一枚软柿子，想捏就捏。

你被认为是软柿子的原因也很简单，因为你的善良毫无底线，从好人跃迁成了老好人。

我们对人应该持有尊重的心态，但同时也要拥有自重的姿态，我心存善良与世无争，并不意味着你们可以随意欺凌。

要知道，有一种人叫"垃圾人"，你以为退一步海阔天空，他们却会进一步惹是生非，对于这种人，必须露出你带刺的姿态，让他们知道你不是好惹的。

倘若对方行为已经对你构成严重伤害，不要顾虑，要大胆揭发，拿起法律武器，让他接受应有的惩罚。

## 什么是危险关系，怎么建立良性关系

如果两个人的关系出现了问题，毫无疑问，一定会产生两种不同视角的看法：都是你的错，或者都是我的错。

都是你的错——这是从自我的视角看事件，觉得是对方出现了问题，才导致彼此关系的破裂。

但如果从"关系"特质的视角来讲，无论什么问题，都不是一个人单独造成的，而是关系中各种因素叠加在一起导致的。

从自我视角出发，会产生不太客观的因果思维，而基于这种思维的偏执思考，会衍生各执一词的对错思维——我没问题，都是你的错！

无论在怎样的关系中，有对错思维的人都会把彼此的关系对立起来，将对方认定为"施害人"，把自己当成"受害人"。

为什么会出现这种状况呢？因为"你没有顺我的意"。

可能是对方没有顺你的意，也可能是你没有顺对方的意。

它还有一个前提——你（或他）认为，你对他（或他对你）很重要。

**在一段关系中认为自己对对方很重要，便认为对方理所应当要顺从自己的意愿，这样的人常常忘了一句话——己所不欲，勿施于人。**

人们常常不去审视自己的想法，而执着于论断谁对谁错，或是谁先做错，并且固执地认为你若是对我好，就应该屈从于我的想法，哪怕我的想法的确不那么妥当。

这便是一种危险关系：

——如果你或他其中一方拥有足够的格局，能够容忍这种自我视角造成的不平衡，那么彼此关系就会拥有更多处理空间，可以逐渐趋于融合。

——如果你或他都不能容忍自我分量的缺失，就会争论不休，互不相让，弄得彼此伤痕累累。

都是我的错——这是完全站在自我牺牲的角度看问题，无论对错，我愿意为之承担责任，不管对方在这段关系中出现了什么问题，也不管最终结果会怎样。

逻辑的根源在于——"我"很重视这段关系，所以我愿意委屈自己去修复它。

这就是另一种危险关系：在潜意识里过高估计自己，觉得自己能够影响别人的心态与行为,一厢情愿地认为自己很重要,能够为他人的生活或错误负责。

简而言之,我愿为你负责——我们没有办法解决关系中的矛盾点,这都是我的问题——这无疑是在向自己暗示:不应该是这样的,他们是很在意我的,只是我没有做好。

关系中的内疚和自责由此产生,但事实上,对于这种自己强加给自己的问题,我们往往无能为力,而这种无力感会更加折磨人。如果任其发展,就会衍生成一方对另一方的精神控制。

比如你是否见过这样的场景。

女孩的父母很早便离异,母亲一直没有再婚,并且一再强调,我是因为你才不结婚的。

她的确很拼,为了让孩子住好的学区房,上好的学校,朝九晚五,生活里只有工作,没有娱乐。她的确为孩子"牺牲"很多。

所以女孩有课外兴趣是万万不行的,因为必然会影响学业。女孩报考她母亲不喜欢的专业也是不行的,因为"我吃这么多苦不就是为了让你出人头地"。

后来女孩谈了男朋友,母亲仍不喜欢,因为他没有多少钱。

女孩想拥有一个私人空间,她在隔壁小区租了房子,离母亲很近,方便照料,况且母亲年龄也不是很大。结果母亲终日以泪洗面,逢人便说自己被抛弃了。

"都是我的错！"女孩这样想着，又搬了回去。

现在，35岁的女孩仍然单身，因为要么母亲看不上对方的条件，要么对方不满意她带着母亲嫁过去。

"都是你的错！"现在，这是女孩与母亲发生争吵时必然要说的话。

都是我的错——它向内攻击自己，是对自我意识的否定与压抑，使自己在关系中处于受控地位。

都是你的错——它向外攻击别人，是对自我意识的过分肯定和张扬，其本质是希望在关系中处于控制地位，但不可能有人会心甘情愿地接受这种意志上的绑架和支配。

当一段关系中，一方认为"都是你的错"，一方承认"都是我的错"，这段关系就会变得十分危险，因为一方会变得越来越跋扈，另一方会变得越来越压抑。无论是跋扈还是压抑，一旦到了临界点，走向失控，双方关系便会彻底破裂。

现在你应该知道，一段可以长久的良性关系应该是这样的：你能够认识到，关系需要存异求同，允许别人有不一样的想法，摆脱自我娇宠、推诿指责的思维，只有这样，关系才能趋于良性发展。

德国家庭治疗大师海灵格曾经说过："我们付出的时候，就会觉得有权利；我们接受的时候，就会感到有义务。"

**即使关系再亲近，我们也应该保持起码的边界感——每个人**

**都是独立的个体,每个人都应该为自己的行为和问题负责,而不是你不管三七二十一,都承揽下来:"都是我的错。"**

不要过度帮助也不要过分干涉,有些问题只有当事人自己能面对和解决,有些决定只有当事人自己能做,你说得太多,就是对别人的生命指手画脚。

一言以蔽之,好的关系就是:我为我的生命负责,你为你的生命负责。

## 如何过滤无效评价，致力于有效评价

"你看王美丽多棒，你再看看你自己！"

"你真是个笨蛋，长大以后能有什么出息！"

"你自己什么样心里没数吗？听我们的！"

……

这些声音可能来自我们的父母、师长，或是小伙伴。这些声音异常刺耳，而且毫无道理可言，你本该置之不理，但很遗憾，那时的你心灵太过弱小。

从这个时候起，我们就形成了在意别人评价的心理惯性。它成了一种思维定式，随时都在你身边，给你造成应激反应，一旦遭遇负面评价，你要么精神极度萎靡，完全丧失自我评价功能，要么怒不可遏，强烈抵御，但内心的声音委实微弱得可怜。

你忘记了这样一个常识，不管你多么优秀或者糟糕，这个世界的能量都是守恒的，一定有人否定你，也一定有人喜欢你。别人的评价其实根本没那么重要，对你而言，重要的是，你要知道自己是谁，要到哪里去，要成为怎样的自己。

朋友的妹妹喜欢绘画，她的理想也很宏大——画出人人都喜欢的作品。

某天，女孩将自己精心挑选的一幅作品放到社交平台上，言辞非常恳切：请朋友们帮我指正一下还有哪些不足。

于是，来了一大帮"专业人士"。

"你这画的色彩有问题啊……"

"从你的运笔可以看出，基本功不足……"

"天赋这么差，还是不要画了……"

铺天盖地上千条评论，几乎都是来挑毛病的，不管自己说得对不对，挑就是了，因为这样才能显得自己学富五车才高八斗。

女孩简直要崩溃了：我真的这么差吗？

她再去看自己的作品时，也觉得全是毛病：算了，可能我真不是画画的料，就不要自取其辱了。

女孩收起了自己的画笔。

绘画老师见女孩很久都没来上课，心里很是诧异：她天赋那么好，那么优秀，为什么要半途而废呢？于是便打电话询问，得知原委以后，老师笑了：要不你换个平台发布一下，这次咱们询问网友，这幅画有哪些独到之处？

女孩眼前一亮，按照老师的建议做了。

果然，这次的评论正能量满满，"专业人士"们都在竭尽所能寻找自己所能看到的优点，这才显得自己不比别人差嘛。

现在你大概明白了吧？众口难调。

一个人无论再怎么优秀，也无法符合所有人的胃口，高明的厨师会引导大家跟着自己的感觉走，而不是让自己跟着别人的评价走。

所谓人微言轻，当你还无法获得别人的敬畏时，被贬低也就成了不可避免的了，因为只有贬低你，才能够满足他们"高人一等"的虚荣心。

现在是时候摆脱这种思维上的桎梏了：别管别人怎么说，你都应该认为自己的客观感受是正确的，无论别人怎么评价，你都不应该打乱自己的节奏。

你的当务之急是对自己进行"声音隔离"，对自我的评价机制进行重建和强化。

当别人的评价使你动摇或是卑微哭泣时，请及时提醒自己：这个自我怀疑的声音，并不是我们内心对自己的真实否定，而是别人的恶意，是他们强加给我们的。

慢慢来，每一次都要强调，直到彻底巩固这种意识。

下一步，过滤干扰源，甄别有效评价和无效评价。

那些不在意闲杂人等评头论足的人，可能很在意老板评价自己的职业技能;那些对相貌嗤之以鼻的人,可能很在乎客户评价他的职业形象。

你们之间的不同之处是:你在意的是所有来自外界的评价,哪怕有人说你今天穿的鞋子不好看,你也可能会为之纠结;而他们只在意对自己有用的评价,这会让他们发现自己的不足,弥补自己的短处。

需要想明白的是,并不是所有评价都会对我们造成负面影响,令我们痛苦不堪,而是在意无效评价才会使我们精力分散、陷入迷茫,愁肠百结。

那么什么是有效评价?

比如说人生是个大型秀场,你只有建立自己的人设、展现自己的才情,才能决定对方是熄灯还是亮灯,那些连通在开关上、可以决定你晋级还是淘汰的评价,就是有效评价。

比如你想晋升为客户部经理,那么你需要面对的评价主体大体有四种:

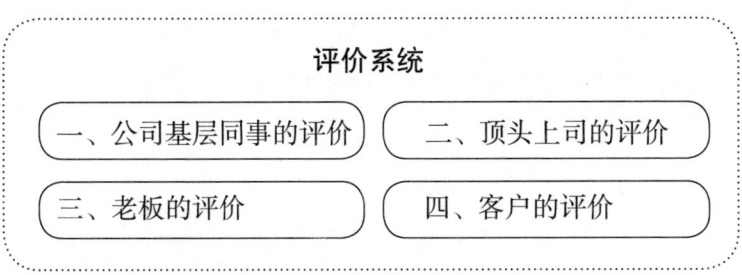

你不可能获得全部人的好评,这个时候如果你致力于得到同

事和上司的认可,那么便很有可能与目标失之交臂,因为你的精力大概只允许你从一个评价主体那里获得成绩。

对此我们该怎么办?

很简单,找到目标——客户。

客户的好评会在不久之后转化为老板的好评,老板的意见最终决定你能否晋升。

我们只有把有限的时间和精力投入到对我们真实有益的评价主体上,才有助于我们成为自己想要成为的样子。

现在,拿出小本子,在上面勾勾画画:你都在意哪些评价,哪些评价令你感到痛苦和无助,制造了令你愤怒、沮丧、抑郁的事情,都通通列出来。

然后归类分析一下:这些令人痛苦的评价中,有哪些出自恶意,哪些的确对我们有益。

找出对我们有益的负面评价,并致力于改变它,明晰你需要为此做些什么,这就是你下一阶段的目标规划了。

这会让你少走很多弯路,人生短暂,恰如白驹过隙,倏忽即逝,容不得我们把感知浪费在那些无聊至极的人和事情上。

## 真正厉害的人，都喜欢一意孤行

无论你发表什么观点，或者做什么事情，事实上都会有人反对，他们的想法未必高明，但他们的思维非常简单，就是要反驳你。

似乎如此一来，他们便能证明自己的与众不同。

而你一旦与他们展开辩论，无论结果如何，你都已经输了，因为你给了他们更大的舞台，让他们可以将自己的愚蠢行为展现得淋漓尽致。

你气得心惊肉跳，他们却在自鸣得意。

对于这类人，就一个建议：置之不理！

曾看过一个有趣的寓言故事。

几只蛤蟆进行"田径比赛"，终点是一座高塔的顶端，周围有一大群动物在围观。

"啪"的一声枪响，比赛开始，观众们议论纷纷："你看，这群傻蛤蟆，自己什么实力心里没数吗？做这种不切实际的事情，真是傻透了。"

一会儿，它们又开始喝倒彩。

"快下去吧，别在这里丢人现眼了，你们这是什么比赛？不过故意作秀，哗众取宠，博人眼球罢了！"

"为什么你们要做这种毫无成功可能、纯粹浪费生命的事情？难道你们已经活到了这么无聊的地步了吗？快停止这种愚蠢的行为吧！"

一个蛤蟆选手退场了，接着又是一个，它们在半路停了下来，永远地停了下来。

只有一只蛤蟆，任凭别人怎样嘲讽，始终不为所动，一蹦，一蹦，向前，再向前……

难道这只蛤蟆意志超乎寻常地坚定？未必。

它是一只聋蛤蟆。

我们从生下来的那一刻起，双脚就已经站上了赛场，在冲向终点的过程中，那些打压声、喝倒彩声不绝于耳，不要试图去说服他们，因为你根本做不到，他们讽刺你只是为了证明自己有多么高明，你冒犯了他们的"高明"，就等于刺穿了他们虚荣的外衣，恼羞成怒便是他们接下来的重头戏，他们只会变本加厉。

所以，索性就让自己做一只"聋蛤蟆"好了，对于此起彼伏的负能量，你完全可以置之不理。

这也可以说，是逐步地与内在的自己和解，也是在试着与这个不太包容的世界和解。

很多人之所以无法沉下心来做好当下的事，就是因为总是试图对付那些质疑声，结果逆了龙鳞，以致接下来的指手画脚更加狂暴，就算侥幸没有被击倒，也会招惹出更多的坏情绪，让自己分了神，损了精力，徒劳无益。

其实你只需要思考两个问题：

你真能说服他们改变自己的观点吗？

你大费周章地和他们唇枪舌剑，最后得到了什么实在的东西？

答案应该都是否定的。

所以，努力向别人强调你是对的，完全没有意义。

所以，多说无益，厉害的人虽不刚愎自用，但都喜欢一意孤行。

当然，也有个前提，就是自己的目标和行动脚踏实地，切实而且可行，而不是削足适履，执迷不悟。

**关于你的未来，能够把握的只有你自己，既然不被认可，那就不要去争取别人的认可，没有人在意你的青春，也别让别人左右了你的青春。**

别人的批评无论对错，你都无法制止。尤其当你达到一定高度时，你需要面对更加复杂险恶的环境和舆论。嗤之以鼻即可，你无须关注太多，更无须为他人的舆论买单。

## 把别人泼向你的恶意,画个盾牌化解掉

几年前在某平台上写了一件小事,不过是感慨了一下自己在街上竟然被可爱的小朋友叫阿姨,开玩笑地吐槽了一下自己明明年纪轻轻、云英未嫁,怎么就成"阿姨"了呢?

结果就引来了不少不太友好的评论,有人说我自恋,有人骂我矫情,有人说我心里没点数。我当时真是气坏了:我自娱自乐一下,关你们什么事啊!

转念一想又释然了:性格健全和心理健康的人,根本就不会关注和自己毫无关系的事情,更不要说无缘无故去骂别人了。

正常人都在忙着做正经事呢!

所以我跟他们较真儿,我是不是也不正常了?

这样一想,好受多了。

不过经历此事,也确实感受到了,恶意之所以恶,恰恰是因

为它们有时候的确是无缘无故的,就像东野圭吾笔下的《恶意》,让人脊背发凉。

大概是自己粗枝大叶,所以才够坚强,才能像诗人但丁说的那样:"走自己的路,让别人说去吧。"

隔壁邻居家的一个小妹妹,长得很漂亮,周末在一家酒店做兼职前台,这天她下班走出酒店大门时,正巧公司的男上司也从酒店里面走出来,两个人自然而然地聊了几句。

这一幕恰巧被路过的同事看到,第二天这个好事者便在公司里到处散播谣言,一个云英未嫁的女孩子,一下子成了众人侧目的第三者。而且越去解释,越没人相信自己,那段时间,她真是痛不欲生。

女孩的痛苦妈妈看在眼里,疼在心里,有一天来我家串门,便唉声叹气地说了起来,我说你可以如此这般啊……

这天晚饭过后,母亲拉着女孩说道:"走,陪妈妈去散散步吧,不能拒绝哦。"

心不在焉地陪母亲来到湖边,风景这边独好,女孩却满心苦恼。

那天晚霞迷人,和风习习,望着平静的湖面,母亲问女孩:"你能把这池湖水搅浑吗?"

女孩诧异了:"这么大一个湖,我怎么搅浑呢?"

母亲微微一笑:"那如果是一个小水坑呢?"

"那就很容易了。"女孩不假思索地答道。

母亲从背包里掏出来一瓶矿泉水递了过去:"你能把它摇浑吗?"

现在你明白了吗?

倘若你的容积只有一个水坑那么大,别人轻易就可以将你搅浑;

倘若你的格局够大,可以盛装一池湖水,那么若有人想将你搅浑,恐怕要费天大的力气;

倘若你的本质是清澈的,那么别人是无论如何也搅不浑的,能被人搅浑的,都是原本便浑浊的水。

我们只要不是离群索居,就一定会遭遇别人的敌意,可能是因为竞争关系,也可能是因为你比她们优秀而且美丽。负能量给你带来的后果是,当你被别人的恶意裹挟时,你会让对方得逞,让自己消沉下去。

那是他们想看到的结局。

可负面情绪毕竟是有的,那些难受憋在心里,那些委屈无法申辩,如何排遣?

如何去处置对你施加负能量的人和现象？

如何使自己脱离负能量的影响？

我想下面这句话可以让你明白一二：你不能把自己的世界，让给卑鄙的人。

对你施加恶意的人，大多自己的生活本身就是极其糟糕的，他们一再对你倾轧，只不过是希望你以后和他们过得一样惨，这样他们心里才平衡些。

那你又凭什么让他们如愿以偿呢？

当你的生活里出现嘲讽、指责、辱骂、恶意中伤时，你首先要学会区分，这些负能量来自并且属于其他人，而不是你。

当你因此而郁郁不乐时，花点儿时间研究一下自己的状态，做个深呼吸，坚定自己的心志，再次确定这些负能量是别人的，并不归你所有。

然后你大可以回敬他们一个微笑，让对方在自编自导的闹剧中自娱自乐。旁观者清，不是吗？即使你不争辩什么，也一定会有人看穿这一切。

无论什么时候都请记住一点，我们是自己人生的主角，不要去给别人当陪练，你的使命是让那些卑劣的人看到你的万丈光芒，用事实打他们的脸。

所以有些事，轻蔑一笑，就是最好的回击；

有些人，漠然置之，就是对其最好的鄙夷；

他喜欢表演，就给他机会尽兴展露自己的小人行径，不必往心里去；

对于爱刷存在感的人，不好意思，本人只负责看戏，绝不友情客串。

倘若问题真的很严重，记住，"警察叔叔"会帮你的。

这世上有太多的糟心人、糟心事，倘若人人事事都去较真儿，到处都是委屈，一辈子都会心累。

所以说，无视才是你在打开格局以后对自己采取的优先保护措施。因为只要心不伤，岁月就无恙。

# PART 3

## 更改一下，
## 你那个关于自尊心的错误设定

在爱别人之前，先学会爱自己。
人生最好的状态，其实也不过是虽独处却不孤单。

## 生命的存在感,从来都不是别人给的

小兔哭得很伤心,小刺猬送来安慰:"兔宝,你怎么了?"

小兔抬起头,眼睛都哭红了:"小狐狸说我的大龅牙很难看!你说我要不要去整容?"

"哦,可是它身上味道也很大啊!"顿了顿,小刺猬发出灵魂追问,"你整了容,以后还怎么吃东西呢?"

有时候我们就像那只傻乎乎的小兔子,执着于通过被人认可来肯定自己存在的价值,为此甚至愿意放弃生命中的某些特质,比如喜好、观念、乐趣,甚至是专业、工作、容貌等。

但结果却那么地出人意料,我们一番的努力之后非但没能如愿以偿,反而招致了更加严重的轻视。

因为我们在做不擅长的事去讨别人的欢心,丢弃自我,变得毫无特点的我们,看起来愚蠢又呆滞,一切都变得更糟糕了。

邻居笛笛从小就特别腼腆，而且特别敏感，因为她有一点点胖，而那张娃娃脸使她看起来好像又胖了一点点。

笛笛妈觉得穿得"花枝招展"便是思想态度有问题：小孩子不认真学习，臭美干什么！谁家好孩子穿得花里胡哨的？

笛笛青春期一直把自己包裹在宽松肥大的老款衣服里，这让她看起来又胖了一点点，她的自卑也由此而来，其实她的身材真不错。

笛笛试图让自己变得更讨喜一些，就有意无意去模仿班里最受欢迎的女孩子的言行举止。

这让笛笛看起来有点不伦不类。有人暗地里说笛笛东施效颦，后来这种说法甚嚣尘上，笛笛的心态彻底崩了，她退缩到了那些宽大衣物的更深之处，那像是她给自己筑造的硬壳。

长大后笛笛嫁给了一个大自己好多岁的男人，但他出生在一个书香门第，本人也富有学识。笛笛想像老公一样看起来温文尔雅，但尽了最大的努力却还是做不到。笛笛觉得自己在他及他的那些朋友面前看起来有些粗鄙。

婆家人为了使笛笛开朗起来做过很多努力，但效果并不好，笛笛每次和丈夫一起参加社交活动都会提前从网上找来"贤妻法则"照本宣科，结果经常用力过猛，让大家感觉有些尴尬。

事后，笛笛都会难过好多天，以至后来她常常问自己：我活着有什么意思呢？

但现在的笛笛经常穿着及膝的修身吊带裙和丈夫一起同行。她那丰腴得恰到好处的身材有了合体衣装的搭配，让她看起来风情万种。她学会了跟丈夫开玩笑，也学会了撒娇，偶尔还要不讲理一下。

是什么使这个不快乐的女人放飞了自我呢？

那天家里来了几位宾客，婆婆和他们谈论自己当初是怎样教养孩子的，她说："不管发生了什么事情，我总是要求他们一定要保持本色。"

"保持本色！"就是这句话，在一刹那如暮鼓晨钟般敲击在笛笛心上。

夜里，笛笛辗转反侧，难以入眠。她细细想来，现在的自己之所以如此难过，不就是因为一直在做自己不喜欢的事，一直试着让自己适应一个并不适合自己的模式吗？

笛笛开始保持本色。她仔细回想自己的个性、爱好和优点，尽自己所能去了解身材比例与服饰搭配常识，尽量以自己喜欢的方式去穿搭，以自己最初的面貌去与家人相处，和朋友交往。

她鼓起勇气报名参加了一个小社团，第一次发言可把她吓坏了，可是即便她的发言听上去有些拙劣，他们依然愿意为她鼓掌。这样每一次发言过后，笛笛都会增加一点儿勇气。

"无论如何，都要保持自己的本色。"这是笛笛今天的演讲主题。

"我今天所有的快乐，都是我之前从未想过的。"笛笛如是说道。

年轻的时候，我们恨不得所有人都对自己竖大拇指：看，这孩子多棒！

为了在别人那里索求这种存在感，有时我们不得不改造自己去讨好别人，虽然违心，但甘之如饴。

却不知，当我们试图以别人的态度来证明自己的存在时，我们已经丢掉了最宝贵的东西——自我。从某种程度上说，"我"这个东西，就此烟消云散。

**或许，那种来自外界的承认，能够暂时填补我们空虚的自尊，但势必要为此付出惨痛的代价——我们，就好像是为博取别人的认可而活着。**

一旦某天那些人抽身离开，支撑你存在感的信念亦会随之离去，坍塌来得措手不及，只留下残垣断壁，满目疮痍。

届时，无人问津的痛苦会让你明白，存在感从不是从别人那里索取的，靠谱的人从来都是自己塑造存在感。

说到底，你活得像你自己，你才是立体存在的，你为了迎合别人将自己扭曲成"四不像"，那么你培养出来的这个人，到底是谁呢？

记住：变优秀，才是存在的意义。

这里需要提到一个词——价值。

首先你得认可自己的价值，确定自己的唯一性。

其次你要利用自己的价值，用你的价值影响别人，而不是被别人影响。

这才是自尊的正确打开方式。

## 你不一定非要去接别人甩过来的球

假如你是个喜欢打篮球的姑娘。

在球场上,有人运球20秒,依然寻找不到合适的投篮机会,然后在最后的4秒中,把这个球抛给了位置不佳又不善于远投的你,这个时候你慌了。

接球,投篮,砸筐而出,然后数据栏中的命中率被拉低,同时你还要接受球队拥趸的言语攻击,因为投丢球的人是你——你这个锅背得委实太憋屈了。

工作中,上司分配给同事一项棘手的任务,同事转头请你帮忙,你慌了。

不帮,你觉得得罪同事;帮了,你也未必能够做好。而做不好的结果就是:本来由她来承担的问题被转嫁到了你的身上。

当初求你帮忙的那位同事,此时可能不会站出来承担责任,替你说明，上司也可能不会考虑你"助人为乐"的可贵精神，他要的是结果。

生活中，有人在缺钱的时候找同样没钱的你求助。你原本应该说："真的很抱歉，我现在兜比脸都干净。"但你没有，而是为了脸面硬着头皮自愿接下这个麻烦。然后，你感到压力很大并开始抱怨，说为什么别人总喜欢找自己借钱，就这样你给自己惹来了一堆烦恼。

经常地，有人抛给你一个问题，你没有拒绝，你接受了，并做出反应。说是被动接受，不如说是自找麻烦。

你觉得这是为了维护团队团结、人际关系的和谐，但事实上，良好的人际关系从来不是你有了麻烦就来找我，我委屈自己替你背锅。

其实你应该保持清醒，有所甄别，该接的球可以接，不该接的球就该拿出适当的方法拒绝，你不必仅仅因为别人希望你参与，你就必须参与进去。

这不是明智的选择。

如果你对别人强加给你的烦恼不理不睬，那么无论如何，别人都抢不走你的快乐。

当然，我们不接球，也不能把球硬邦邦地砸回去，不该得罪的人尽量不要得罪，树敌也是不可取的。

所以，我们需要采取一点儿策略。

比如说，有旁人在，就不要毫不留情地一口拒绝，这样对方的面子势必片甲不留，杀伤力太大。最好先搪塞过去，然后私下拒绝。如果实在无法避免，尽量措辞委婉，事后再及时找个机会，说明自己的难处，动之以情，晓之以理。

又如说，先给出肯定，再给出拒绝，这样能够降低对方自尊心的受伤系数，缓解对方"被否定的感觉"。你可以说："你这个想法真的很好啊，值得尝试一下，但真的，我现在自顾不暇，实在拿不出钱支持你创业，我实在感到很抱歉。"

这样一来，拒绝带来的伤害就会小很多。

你也可以说"我理解你的难处，可是我们公司有规定"，或者"我真的很想帮你，可是钱都在我丈夫手里，平时我管他要钱都很难"。

你要让对方知道，有些事情你无法单方面做主，那么对方一般也不会把负面情绪归咎于你，对方会知难而退。

当然，你也不可以永不接球，如果你拒绝所有人，你将很难在这个社会上良好生存，只是，你要有自己的选择。

## 大声说"不可以",为了更幸福的自己

大声说不可以,是对生活的尊重,
是对梦想的执着,是对未来的期许。
在风雨中挺直脊梁,
在阳光下绽放笑容。
大声说不可以,是对自我价值的坚守,
是对人生意义的探寻。
在岁月的长河中,
勇敢地追逐那一抹星光。

在这个看似充满无限可能的世界里,我们每个人都在寻找自己的位置,试图找到那个能让自己感到满足和快乐的地方。然而,在这个过程中,我们往往会不自觉地迎合他人的期望,以期得到他们的认可和接纳。然而,这样的行为真的能让我们找到真正的

自我吗?

当我们为了取悦他人而改变自己,我们实际上是在牺牲自己的真实感受和需求。这种牺牲可能会让我们在短时间内得到他人的赞扬和接纳,但长期来看,这只会让我们感到疲惫和空虚。因为,我们的真实自我并没有得到满足,我们的内心仍然会感到不安和不满。当我们总是试图满足他人的期望,我们就失去了自我挑战和自我提升的机会。我们会变得保守和害怕失败。这样的心态会让我们陷入舒适区,无法实现自我突破和成长。

我们需要学会大声说"不可以",为了更幸福的自己。

我们每个人都在努力适应环境,寻找自己的位置。然而,有一种声音却时常在我们的耳边回荡:"你要去迎合这个世界。"这种声音或许来自社会的压力,或许来自他人的期待,但我要告诉你,不要去迎合这个世界。

迎合这个世界意味着放弃自我。每个人都有自己的个性和特点,这是我们独一无二的存在。如果我们为了迎合他人,而放弃了自我,那么我们就失去了自己的价值和意义。我们不再是真实的自己,而是他人眼中的复制品。这样的生活,无疑是痛苦的。当我们为了迎合他人,而改变自己的行为和思想时,我们就失去了自由。我们不再是自己的主人,而是他人的奴隶。我们的生活将变得毫无乐趣,只有无尽的压力和束缚。

我们要认识到，每个人都有权利追求自己的幸福。我们要学会尊重自己，关心自己，为自己的需求发声。

勇敢地说"不可以"。这并不是说我们要变得自私、冷漠，而是要学会拒绝那些对我们没有好处的事情。当面对别人的要求时，我们可以礼貌地说"不"，并解释为什么我们不能满足他们的要求。这样，我们既能保护自己的利益，又能避免伤害到别人的感情。

我们要学会设定界限。在生活中，我们会遇到很多诱惑和压力，这些都可能让我们迷失自己。为了避免被这些因素所左右，我们需要设定一些界限，明确自己可以接受什么，不能接受什么。这样，我们才能更好地坚守自己的信念，追求真正的幸福。

你要大声说"不可以"，为了那个未来的你，那个在岁月的洗礼下依然坚韧不屈的你，那个在困难面前依然勇往直前的你。

你要大声说"不可以"，为了那个真实的你，那个有血有肉、有泪有笑的你，那个在生活中挣扎但从未放弃的你。

你要大声说"不可以"，为了那个自由的你，那个在心中拥有一片蓝天的你，那个在灵魂深处永远保持清醒的你。

你要大声说"不可以"，为了那个勇敢的你，那个敢于面对自己的弱点、敢于挑战自己的极限的你，那个在风雨中依然坚持前行的你。

在这个充满竞争和压力的社会里，我们很容易被外界的声音所影响,从而忽略了自己内心的声音。我们需要时刻提醒自己,我们是独一无二的个体,我们有自己的价值和尊严。只有珍惜自己,我们才能找到真正的幸福。

在生活的舞台上,我们都是主角,每个人都有自己的剧本、自己的梦想。有时,我们会迷失、会疲惫、会困惑,但是,我们不能放弃,不能屈服。

大声说"不可以",是勇于面对挑战,是对困境的抗争,是对未来的期盼。我们要勇敢地面对生活的挑战,不怕困难,不怕失败,只要我们有信念。

我们要勇敢地对自己的身体说"不可以"。在这个物欲横流的时代,我们总是面对各种诱惑。然而,有些看似美好的东西,却会给我们的身体带来无尽的痛苦。长时间的熬夜、暴饮暴食、吸烟酗酒,都会让我们的身体逐渐走向崩溃。因此,我们要勇敢地对这些不良的生活习惯说"不",关爱自己的身体,才能拥有一个健康的人生。

在喧嚣的世界中,我大声说不可以,不是对他人的挑衅,而是对自己的警醒。不可以沉溺于虚无的繁华,不可以迷失在欲望的迷宫。不可以忘记初心的纯真,不可以放弃追求的勇气。

在黑暗中寻找光明,在困境中坚持。

我们要勇敢地对自己的不良心理说"不可以"。在这个竞争激烈的社会里,我们总是在不断地攀比、嫉妒和焦虑。我们总是担心自己比别人差,担心自己得不到别人的认可。然而,这种过度的焦虑和担忧,只会让我们的心理承受巨大的压力,甚至导致抑郁症等心理疾病。因此,我们要勇敢地对自己的不良心理说"不",学会调整自己的心态,才能拥有一个平和的内心世界。

我们要勇敢地对自己的不合理时间安排说"不可以"。在这个快节奏的社会里,我们总是在为了事业而奔波劳累,忽略了对家庭的陪伴和关爱。我们总是认为,只要给家人足够的物质条件,就是对他们最好的关爱。然而,家人更需要的是我们的陪伴和关心。因此,我们要勇敢地对自己的不合理时间安排说"不",把更多的时间和精力投入到家庭中,才能拥有一个幸福的家庭。

我们要勇敢地对自己的虚假友情说"不可以"。在这个利益至上的社会里,我们总是在为了自己的利益而结交朋友。我们总是认为,只要能够给自己带来利益的朋友,就是真正的朋友。然而,真正的朋友是那些在你需要的时候,毫不犹豫地伸出援手的人。因此,我们要勇敢地对自己的虚假友情说"不",珍惜那些真心对待自己的朋友,才能拥有一段真挚的友谊。

大声说"不可以",是对生活的热爱,是对梦想的追求,是对自我价值的肯定。

我们要珍惜每一次的机会,把握每一次的可能,只要我们有信心、有决心,就没有什么可以阻挡。

大声说"不可以",是对自我成长的期待,是对未来的憧憬,也是对生活的热爱。每个人都是独一无二的,我们的价值观、兴趣、才能各不相同。如果我们只是盲目地追求别人的目标,就可能忽视了自己内心真正的声音。而只有当我们真正了解自己,才能找到最适合自己的生活方式,实现内心的满足和幸福。

只有当我们拥有独立思考的能力,才能做出真正符合自己意愿的决定,过上自己想要的生活。这种自由不仅能带来精神上的满足,也能让我们在面对选择时更加自信和坚定。

我们要勇敢地拒绝那些违背自己价值观的事情。每个人都有自己的信仰和底线,这是我们内心的支柱。当我们面临诱惑时,要学会坚定地拒绝,不要为了一时的得失而放弃自己的原则。只有这样,我们才能在纷繁复杂的世界中保持清醒的头脑,坚守自己的道德底线。

我们要勇敢地拒绝那些消耗我们精力的事情。在这个快节奏的社会中,我们很容易被各种琐事所困扰,从而忽略了自己的身心健康。学会拒绝那些无关紧要的事情,让我们有更多的时间和精力去关注自己真正关心的人和事,从而过上更加幸福的生活。

我们还要学会拒绝那些让我们陷入困境的消极情绪。生活中总会有一些不如意的事情发生,但是我们不能因此而消沉。要学会积极面对困难,勇敢地说出"我可以",这样我们才能在逆境中不断成长,最终实现自己的价值。

我们要勇敢地拒绝那些让我们失去自我认同的行为。在这个充满竞争的社会里,我们很容易为了迎合他人而改变自己。然而,这样做只会让我们失去自我,变得越来越空虚。要敢于坚持自己的梦想和追求,勇敢地说出"我要",这样我们才能过上真正属于自己的生活。

  为了更幸福的自己,我们要勇敢地说出"不可以"。只有这样,我们才能在这个纷繁复杂的世界中找到自己的方向,实现自己的价值。勇敢地说"不可以",是我们为了更美好的自己而战的表现。只有勇敢地拒绝诱惑,坚守自己的底线,我们才能拥有一个健康、平和、幸福的人生。让我们从现在开始,勇敢地说"不可以",为更美好的自己而战!

### 不漂亮是吗？那就让自己丑得有特点

有些事情一旦摊到身上，这辈子就很难再发生改变，我们只能默默接受，比如，长得不漂亮……

当然，这只是别人定义的不漂亮，事实上这个定义根本不成立。

然而我的一个朋友对此却毫不在意，甚至还常常把自己的长相拿出来做调侃之资，引得大伙哄堂大笑，对她又有说不出的喜爱。

她在朋友圈中有一句如雷贯耳的口头禅："我这辈子照得最好看的一张照片，恐怕……大概……可能……应该是在娘胎里照的B超吧！我这辈子，活成了一声叹息，别人是天生丽质难自弃，而我，天生励志难自弃。"

姑娘说，她自从有了男友就再没为相貌发愁过，敢于拿自己调侃就是因为自己看得开——丑又有什么关系？反正我自己看不到，恶心的是你们。

她哈哈大笑，爽朗豁达。

其实她根本不丑，只是为人大大咧咧，喜欢自娱自乐罢了，至少我们都这样觉得。

其实真正长得特别好看和特别丑的人都凤毛麟角，大部分人都长得很正常，很普通。

只是每个人在最美好的年纪都会做一些美丽的梦，无奈梦想很丰满，现实太骨感！

但反过来说，如果大家都长得像一个模子刻出来的，又如何区分谁是我，我是谁呢？

长得有特点，不值一提。

活得有特点，人生才有乐趣。

我老家乡下的堂妹堂弟也达不到世俗定义的"好看的标准"，小时候去乡下爷爷家，每每遇到他们姐弟二人总要欺负一下，取笑他们是"祸不单行"，然后扭打成一团。

我去乡下上学以后和这位堂妹在一个学校就读，她学习很刻苦，夏天凌晨四点就起床背书，因为堂叔嫌吵，她干脆就躲到了自家的苞米楼子上。她顺利地考上高中，接着又考上了大学，虽说不是重点名校，但也是家里唯一的大学生。

堂妹上大学的时候，我有一次回乡探亲去她家做客，无意中看到她桌子上摆放了很多做过密集标记的播音教材，忍不住好奇开口询问，她吞吞吐吐地告诉我，她喜欢播音，以后想当一名播音员。

堂妹的声音的确很好听，大学四年普通话进步也够神速，如果不是长相不符合大众审美，凭她的那股子韧劲，我当时肯定相信她能够梦想成真。

堂妹大学毕业以后，奔波在诸多电视台之间找机会，我不忍她如此浪费青春，曾旁敲侧击地跟她提过，各大电视台的各个栏目组，就算名牌大学播音专业毕业的美女，进去也不过是混个导播的差事，能做出成绩的人凤毛麟角。

堂妹不信邪，坚定认为丑小鸭是可以变天鹅的，而我相信，生活早晚会教育她的。果不其然，才三个多月的时间，堂妹就像霜打的茄子一样——蔫了，她更新了朋友圈——还是吃饭最要紧！

然后，她找了一份行政工作，安安心心、踏踏实实地上起班来。我既为她高兴，也为她难过，高兴的是她终于认清了现实，难过的是她经历了一番梦想夭折的痛苦。

两年后的一个饭局上，正与二三闺密觥筹交错之际，接到堂妹的来电，说她现在在某电台做音乐主持人，并叮嘱我一定要记得收听。

回去的路上，半信半疑地让司机打开车载收音机，午夜节目中，果然是堂妹温柔轻缓的好听声音，可声音中的坚定又沸腾着勇气和力量：

每个人，都有自己的天命难违，不愿意，却也无能为力，所以接受才是最好的出路；每个人，都可以在无路可走的时候走出一条新路，只要你愿意为未来下赌注……

那天晚上，我梦见堂妹踏上了红地毯，她的脸显得优雅端庄，她富有魅力的声音感染了观众，飘向远方。

生活中有很多像堂妹这样的女孩，她们可能永远无法改变生活对于自己的恶意，但她们永远清楚自己想要的是什么，她们不被厄运左右，而是懂得聪明地去改写生活。

这样的人，活得一样成功且漂亮。

不可否认，"好看"的确能够对人生产生立竿见影的影响，但若说"难看毁一生"，则纯属无稽之谈。

对于有深度的人来说，长相不符合大众审美，并不是件丢人的事情。

说到底，不符合大众审美只是一种属性，而且是别人从并不客观的角度强加给我们的属性。影响人生，但不决定人生。

## 如果你个子矮，那就让自己跑快点

个子矮可能会让原本不内向的人变得内向，小时候自信的人长大以后变得不自信，甚至有些孤僻，主动减少与社会的联系。

其实我也曾因为身高自卑过，记得大一那年对帅气学长情愫暗生，最终鼓起勇气鸿雁传情，等了许久不见回音，于是便守在他回家的必经之路上问个究竟，一米八三大个儿的他憋红了脸，半天才说出一句令我终生难忘的话——"你太矮了……"

然后留下木愣愣的我，扬长而去。

说实话之前对自己的身高并没有太过在意，虽然知道自己矮，海拔仅仅159厘米，但一直认为自己并不比别人矮多少。从被学长拒绝之后就刻意去对比，才发现自己站在高个子女生面前的确有些惭愧，于是开始自卑，不愿抬头。

后来还是死党开解了我。当时我俩一起坐在高高的土堆旁边，听彼此讲那出糗的往事,她挤眉弄眼地问我:"咱学校帅哥如云,怎么没见你对谁动过春心呢?"

我说个子矮,咱看得上的看不上咱,看得上咱的咱看不上,就别给自己找不自在了。然后一股脑儿把刚入学时那段没齿难忘的悲惨遭遇道了出来。

死党咂了咂嘴,说:"让猪拱过,这辈子难道还不吃猪肉了?"

我说你打住,你这嘴真损。

她说:"话糙理不糙,道理没得挑。因为你矮看不上你的人未必配得上你,因为他很肤浅,但你要是因为个子矮看不起自己,那你就谁也配不上了。"

然后她又咂了咂嘴,说:"法兰西第一帝国皇帝拿破仑,要论个头比你高不了多少,但你看看人家,那话说得多霸道——虽然你和我身高有一个脑袋的差距,但如果你不听从我的命令,我随时可以消除这个差距!"

她意味深长地看着我,这次她没咂嘴,又说:"难道你就消除不了这个差距?"

死党的话似乎有五雷轰顶的作用,让我第一次这么清醒地面对自己的身高问题。是啊,有什么好自卑的,只要愿意努力,站到高处,就可以消除这个差距。

心结一解,我也拿身高和死党开起了玩笑:"以后你们在我面前说话,都得低着点头!"

从那以后，在任何场合，我再也没觉得自己低人一等过。

我真的很感谢死党，同时也想告诉大家，如果你因为个子矮而自卑和退缩，那么生命中很多对你而言很重要的东西，就会与你失之交臂。

真的，只要你愿意努力，就可以消除身高的差距。所以个子矮的女孩别自卑，只要你努力让自己站高点儿，那谁还不得高看你一眼？

举个例子：有位女士长相普通，个子也不高，却扎根山区慈善助学，十年如一日；有位女士身材高挑、长相美艳，却图财害命伤害数人，原因只是她和男友缺钱花。

你觉得哪一位才叫活得漂亮，哪一位才会被大众铭记呢？

中国当代作家王小波说："一个人的外表，其实什么都不是，皮囊而已。在时间里，皮囊终会老去，无一例外。最后所有的光环，都会被褶皱吞噬，而灵魂不会。灵魂里有你走过的路，经历过的事，还有一生的思考。"

所以不要让身高成为阻碍你发展的桎梏，身高长相这种由基因决定的东西，并没有你想的那么重要。

同时你要明白一件事，那些过分夸大身高作用的观点，很可能是一些资本在制造焦虑，从而利用你的焦虑获取收益，清醒点，别让身高操控你。

最后,还是把死党的一段话送给大家:在人生这场马拉松赛场上,矮是造物主送给我们的鞭子,会让我们疼痛,但是,忍受它,你会更加清醒,也会知道自己为什么要比别人多一点儿努力,才能拿到更好的成绩。

别问造物主那么多为什么,难道我们生就了小短腿,就不能奔跑了吗?

# PART 4

修正荒谬的剧本，
前方就是柳暗花明

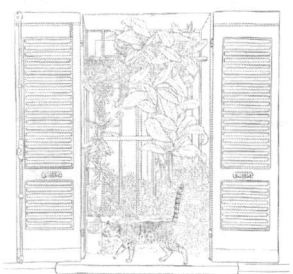

这世上没有人是不可或缺的、不可替代的。
规律的、安静的生活挺好。

*最离谱的本末倒置，你没有把生命核心设定成自己*

小蜗牛哭着问妈妈："妈妈，为什么我一生下来，就要背着这个沉重的外壳呢？"

妈妈叹了一口气，说："因为我们的身体没有骨骼支撑啊，爬得又不快，只能背起这个沉重的外壳，保护自己。"

对于这个回答，小蜗牛是不满意的："小毛虫也没有骨头，爬得也不快，为什么它不用负重前行呢？"

"因为小毛虫以后会变成蝴蝶，可以放飞自我，天空会保护它的。"

小蜗牛想了想，显然还是满腹委屈："小蚯蚓也不会飞，也爬不快，为什么它不用负重前行呢？"

"因为小蚯蚓能够钻土，大地会保护它。"

这下可把小蜗牛委屈坏了："别人都有人保护，只有我们无人问津,这太不公平了,我们太可怜了!"

妈妈望向天空:"所以我们有壳啊,它虽然沉重,却很坚硬,我们不靠天不靠地,负重前行,就是为了更好地保护自己——没有人眷顾的孩子,只能自己爱护自己。"

大概,你和我,都是一只小蜗牛吧。

这个世界是美好的,然而美好只是相对而言,摆在我们面前的那条路,一眼望去,荆棘遍布,我们尝试寻求一些帮助,于是认清了人情冷暖。

其实掩卷沉思,怪得了谁呢?我们是世界的,但世界并不只是我们的,我们没有理由要求别人一路帮扶,别人也没有这项义务。

父母也好,兄弟也罢,谁的生活不是历尽艰险?

脚下的路终究要靠自己走,脚上的泡也只能自己揉,因为你不勇敢,没人替你坚强。

当年刚上大学,初次离家,再加上同学关系还没有搞好,饮食又不太习惯,便觉得思乡之情越发浓重,每日无病呻吟一点儿小悲戚,没过多久,还真把自己搞生病了。

生病了,怎么办?得治!医生大笔一挥,我瞬间就捉襟见肘了。

这刚入校没几天,也不好意思再管家里要钱啊,纠结了一夜,痛下决心:勤工俭学!

在家时十指几乎不沾阳春水的我跑到饭店去给人刷盘子,别觉得大学生不能给人刷盘子,这工作技术含量低,当时毫无社会经验的我就只会干这个。就这,还是因为年龄优势,在与一众阿姨的竞争中略微胜出的呢!

没想到干了两个星期,就实在受不了了,勤工俭学是真累啊,在家的时候我哪做过这么辛苦的工作?有时来了心情,刚刚拧开水龙头,老妈立刻三步并作两步:"放那里我洗,你学习去!"

我想家……

扛不住,辞了工,不时靠室友接济,勉强挨过一个月,每日都是度日如年,后来想想已然食不果腹,还要什么脸?跟学校请了假,转身上了回家的列车。

我还真不是回家装可怜,我只是想家了。

在人潮汹涌的火车站,看见前来接站的爸爸,委屈一下子就控制不住了,我泪眼婆娑,瘪着嘴刚想诉苦,爸爸掏出一张返程票:"一会儿带你吃个饭,下午回去!"

吃饭的时候,抓住机会硬是跟爸爸倾诉了满腹委屈。

爸爸打开自己的小钱包,看上去无比郁闷:"给你,好不容易攒点烟钱,一下子就掏给你了,记着别跟你妈说啊!"

看着那一沓二十、五十攒起来的几百元钱,不由得心疼了他一下,故作嫌弃道:"不够用嘛,我找妈妈要。"

爸爸却摇了摇头:"你妈太惯孩子了,按她的方法惯下去,你什么时候才能长大?"

那一瞬间,我有点愣了:"老头儿你今天不对劲啊!"

爸爸懒得理我,自顾自说道:"把欠人家的钱还了,剩下的自己省着点用,能赚钱就自己赚点,你爸妈都奔五了,还能帮你多久?你得学着自己长大。"

捏着火车票,我问爸爸:"我人都回来了,不回去看看我妈好吗?"

爸爸冲我一阵吹胡子瞪眼:"你还抱有什么幻想吗?我回去就跟你妈说,学校有任务,你被紧急召回了!"

好吧,爸爸认真起来,完全不给人留余地。

多年以后坐在电脑前回想起这段往事,心中依然十分感谢我的爸爸,是他使我在对社会懵懵懂懂的年纪就明白了这样一个道理:无论前路如何,泥泞还是坎坷,能够托付终身的,只能是自己。

想想看,靠山山会倒,靠人人会跑,靠父母父母会变老。

所以这世界上最离谱的本末倒置,大概就是没有把生命的核心设置成自己。

把希望寄托在别人身上,也许这辈子我们都得不到自己真正想要的东西。

别人能给你的,肯定会加倍从你身上索要回去,也许是利益,也许是别的什么东西。

你要懂得,没人替你勇敢,你要自己学会坚强。

在经营人生这场博弈中,"依附"是一种削价行为,靠人给予,免不了要仰人鼻息,一旦这个宿主突然倒下,你的人生也会随之轰然倒塌。

经营好自己,才是我们这一阶段的当务之急。

## 哪怕是精神胜利,也好过听天由命

生命里最大的悲哀与愁苦是什么?

意志消沉,妄自菲薄,把自己定位成最底层——我就是来这个世界受苦受难、供人使役的,活着是为了穿衣吃饭,穿衣吃饭是为了活着。然后,就这样浑浑噩噩、逆来顺受地活着。

格局打不开,因而不敢试着争取高阶的东西,也不敢对命运的摧残做出反抗,因为思维困窘,即便有了翻身的机会,最终还是摸了摸胆子,选择视而不见。

法国有一位年轻人,他靠着推销装饰肖像画发达了,在不到10年的时间里,积攒了一大笔财富,然后又投资影视行业,最终成了一名年轻的娱乐圈大亨。

他去世后,法国一家报纸刊登了他的一份遗嘱。在这份遗嘱里他说:"我曾经是一个穷人,很穷的那种,在以一个富人的身份跨入天堂的门槛之前，我想把自己成为富人的秘诀留下。谁若能回答穷人最缺少的是什么，而猜中我成为富人的秘诀，他将能得到我的祝福。我留在银行私人保险箱内的1000万法郎，将作为奖金送给这位睿智地揭开贫穷之谜的人。这也是我在天堂给予他的欢呼与掌声。"

人们轰动了，1000万啊！谁不想一夜暴富呢？

于是大家疯狂投稿，答案五花八门，不过大同小异，大概你也想到了，诸如：

穷人最缺的是钱，有了钱，就可以做投资，就能赚大钱了；

穷人最缺的是机会，有了机会，就可以飞黄腾达了；

穷人最缺的是好运！

……

在这位富翁去世周年纪念日上，他的律师和代理人在公证部门的监督下，打开了银行内的私人保险箱，公开了他致富的秘诀。结果，只有一位19岁的女孩猜对了。

答案是：穷人最缺少的是成为富人的野心。

为什么只有这位19岁的女孩能够道出真相？答案让人哭笑不得。

女孩在接受颁奖时说："每次，我姐姐把她男朋友带回家时，总是警告我说不要有野心！不要有野心！于是我想，也许野心可以让人得到自己想得到的东西。"

谜底揭开之后，震动法国，并波及英美。一些新贵、富翁在就此话题谈论时，均毫不掩饰地承认，野心是永恒的治穷特效药，是所有奇迹的萌发点。

底层之所以一直混迹于底层，大多是因为他们有一种不可救药的弱点——打不开格局，觉得自己就应该是这一类人，缺少逆袭命运的野心。

底层目前分为两种：

一种是经济上的底层，身无分文但仍志存高远，敢打敢拼，意志坚定，善于布局，咬碎钢牙和血吞，这样的人跨越阶层是迟早的事，这样的例子不胜枚举。

另一种是精神上的底层，艰苦朴素，吃苦耐劳，供奉苦难，自我感动，没有激情，没有梦想，没有追求，生命的使命就是"放羊—挣钱—结婚—生娃—放羊……"。

把自己限定在这种模式中，始终不敢打开格局，没有跨越阶层的欲望，并且以此来教育子女，然后便形成了恶性循环。

德国哲学家尼采曾说过："一个人，在他的野性中，有一种强大的生命力和内在自由，能够挣脱现实的束缚和无趣。"

法国哲学家伏尔泰也说过："没有所谓命运这个东西，一切无非是考验、惩罚或补偿。"

面对世事无常，我们只有不信命，有野心去拼搏，才能获得力量的源泉，知难而上，自强不息地去改变自己，突破平庸的桎梏，成就不凡的人生！

"人生海海，敢死不叫勇气，活着才需要勇气。你要替我记住这句话，我要不遇到它，死几回都不够。"

某天在书店看到这句话，我深深被它吸引着，打开了《人生海海》这本书。茅盾文学奖得主麦家在书中，借"我"的第一任妻子道出了"人生海海"的奥义：人生海海是闽南地区的方言，旨在形容人生像海一样宽广包容又复杂多变。

**人的一生就像是阴冷暴虐而又波澜壮阔的大海，我们穿越着其中的河流，经历着各种起伏和风雨，最终走向它的怀抱。在这段旅程中，我们将会遇到许多河流，它们或阻碍我们前行，或激励我们勇敢面对。**

人生的第一条河流是成长的河流。从婴儿到孩童，再到青春期的蜕变过程中，我们时常感到迷茫和困惑。这时，我们需要懂得承受生活赋予的变化，接纳自己内心的成长。正如大自然中的江河源源不断地流淌，我们也应该努力让自己的内心不断生长，变得更加坚强。

接下来，我们将面临的是求知的河流。在学校或社会中，我们需要不断学习和获取知识，探索未知的领域。这条河流需要我们充满好奇心和探索精神，勇敢地冲破自己的局限，积极获取新知识，并将它们应用到实际中。只有通过求知，我们才能在人生的航程中不断前行。

工作的河流正是我们成年后所面对的挑战。在追逐事业的过程中，我们会经历工作上的压力、竞争和困惑。这些困扰常常让我们迷失自我，不知道前方的路该如何选择。然而，我们需要坚守初心，相信自己的能力和潜力，勇敢地面对和克服困难，最终成功地穿越这条河流，找到自己的位置和价值。

还有一条重要的河流，那就是人际关系的河流。无论是亲人、朋友还是恋人，每个人都会面对不同的人际关系。这些关系就像江河汇聚成海，是我们人生中不可或缺的一部分。在这条河流中，我们需要学会相互理解、尊重和包容，保持良好的人际关系才能为我们的生活增添温暖和快乐。

最后，我们将面对的是人生终极的河流——生命的尽头。这是每个人都必须经历的，无法回避的河流。在这条河流中，我们或许会回首过往，反思人生的意义和价值。我们需要以平和的心态，勇敢面对死亡的到来，同时珍惜生命中每一刻的相遇和离别。

生命中的河流是多样而有意义的，它们塑造了我们的性格、智慧和价值观。我们需要用心去感受、领悟，在每次穿越河流的过程中成长和进步。

无论河流怎样湍急，我们都要保持勇敢和坚定，哪怕是用精神胜利法激励自己，也要相信总有一天终会到达更加美好的彼岸。让我们珍惜与河流的相遇，探索生命的意义与价值，踏上人生这段壮阔而又美丽的航程。

## 保险化生活，被复制的自己和被安排的人生

朋友几年前被家人送到美国读了个金融学硕士，接下来的路父母也已经给安排好了，等学成回国就去"五大行"应聘，干个稳定又体面的工作。

笔试不在话下，面试有惊无险，朋友进了银行，父母喜笑颜开，朋友也着实跟着父母高兴了一阵，毕竟一起回来的同学有好几个，其他人可没她这么幸运。

工作了一年，朋友便高兴不起来了，像她这种留学回来的人对严肃的银行体制总是感觉有些不适应，对于额定的储户任务更是有些力不从心。

用她的话说："能力我有，可是资源我就差很多，我一个从国外读书回来的人，怎么能比得过那些扎根本地的同事呢？"

这么来看，升迁有点遥遥无期。

有同学去了一家英语培训机构,薪资待遇不错,最主要的是,工作氛围愉悦,努力并且快乐着。

朋友有点儿动心了,毕竟在那里不但能够发挥自己的特长,而且可以偶尔放飞一下自我。

结果这个跳槽的想法刚一提出,就被父母全票否决:"放着那么体面的工作不做,跑去小机构当培训老师?你病得不轻吧?!你能不能听话一点?父母还能害你吗?我们这是为你好!"

朋友最终还是无奈地听了父母的话,在保险化的人生里继续安稳地生活着。在别人眼里,她真的很优秀,有车有房有个同行丈夫,有个聪明伶俐的孩子,生活过得很滋润。

但有一次一起吃饭,她喝了点酒,竟然哭了。

"那家培训机构上市了,我同学现在年薪百万。"她哭着说道。

"我从上学时起,读什么学校,学什么专业,在什么地方上班,什么时候结婚,跟谁结婚,什么时候生小孩,什么时候买房,什么时候买车,买什么样的房、什么样的车,都不能自己做决定!

"父母说什么我都要听,必须听!我承认我很弱,可是面对父母的霸道与决绝,以亲情相逼,我能怎么办!我已经30岁了,人生不能从头来过,有时候觉得自己活着真是一个悲剧!

"我真想为自己活一次,哪怕一个人,孤老一辈子。"

她已然撕心裂肺。

说真的,当时感觉她很让人心疼,可是局外人又能说什么呢?这种事情,最终还是要自己来裁决。

有些人习惯父母给自己规划好一切,但对于渴望自由的人而言,这是一座牢笼。

他们总是说:女人要找个什么样的归宿、什么样的工作;嫁个什么样的男人,做个什么样的妻子,什么样的妈妈,什么样的儿媳……

这根深蒂固刻在骨子里的"为你好"有错吗?我不敢说有错,也确实不一定有错,但人生终归是自己的。

因为你一旦受人支配,就意味着你已经成了别人意愿的复制品,你经营的是别人想要的人生,或者说,别人将自己未达成的愿景复制到了你的身上。

你丧失了自我主导权,又去哪里找寻自主的感觉呢?

这种生活可以满足你"马斯洛需要层次"中所谓的最低层次需求——生理需求,但它会不断蚕食你对梦想的欲望,掠夺你对其他层次需要的向往。

不要让七嘴八舌淹没你内心的声音,只有你的内心才知道你的梦想所在,其余的一切,都是次要的。

如果你已经陷入了主导权失控的境地,那就要治愈自己,在内心创造一个强有力的自己,开始去掌控你的选择,并敢于为结果负责。

你还是有选择的,只要你愿意做出选择。

记得:务必清楚自己真正想要的是什么,然后坚定果敢一点,大家都应该为自己好好生活。

### 和依赖同样害人不浅的,是习惯性盲从

前年五一假期,和小姐妹们驾着四辆SUV直奔呼伦贝尔。

草原仿佛一块无边无际的天然绿毯,高低起伏,一直延伸向地平线,那景致让人禁不住放飞自我。

我们的车排在第二位,紧跟着悠悠的比亚迪一路招摇,几个起伏过后,大家远远看到一片碧蓝色的湖泊。

你可以想象一下,无边的翠绿中间嵌着一抹天蓝,这是什么神仙景致啊!

我们加速向湖边驶去。

突然,悠悠的车猛地一顿,车头前部陷了进去。

我连忙刹车,但还是未能刹住,轻轻顶了一下悠悠的车尾,导致她的车头又陷进去了一点。

好在我身后的余洋反应快,她刹住了车。

大家连忙下车查看，原来，这里有一处小沼泽，不深但也不浅，被漫无边际的青草所覆盖，不到近处还真看不出来。

拉了半个多小时，才勉强将悠悠的车拉出沼泽，原本的兴致勃勃也变成了垂头丧气。

其实我当时跟在悠悠后面，远远看到低洼处的草呈现深绿色，心中已经有了一点狐疑，但出于对悠悠车技的信任，还是亦步亦趋地跟了上去，毕竟她是老司机嘛，应该有把握的。

谁知道，失策了。

回家躺在沙发上丧气地想了想，也就释然了：人嘛，难免会受到别人影响，或者因为避险的本能或者为了寻找捷径而盲目跟风，走错路是难免的。

这就是"盲从效应"。

在流量为王的时代，"盲从效应"也被商家充分利用了起来，比如一些卖冷饮的网红店，门口常常排起如龙的长队，一眼望去熙熙攘攘，让你路过的时候都忍不住想要买一杯品尝一下。

尝过以后，你觉得它真比在超市里买的冰激凌好吃很多吗？那么价格呢？

你有没有想过排队的那些人里，有很多是店家花钱雇来的？

事实上即使我们了解这种商业手段，我们也很难保持足够的理智，因为"从众心理"带给我们的压力是真实而且巨大的——尽管有时我们已经触发了独立思考的机制，但我们还是会去顺从大众。

原因非常简单——避险——如果有问题，大家都有问题，不是自己的问题。

尤其是自信心不够强大的人，更容易被从众心理所局限——我随大流，就不会错了。

这的确有道理，也能带来好处，"羊跟大群不挨打，人随大流不挨罚"的现象是真实存在的。

**正因为能够带来好处，人们才在反复实践中越发巩固了随大流的思维。所以当你看到一群人不知缘由疯狂奔跑时，你很难做到不抬腿跑。但是，从众也经常会把人们带离正轨。**

最明显的例子就是跟风投资却被收割或套牢。

那么我们如何能够做到不盲从呢？这是个伪命题。

因为你不可能排除一切做出独一无二的选择，你也不可能丝毫不考虑别人的意见和行为，一味地特立独行，所以每个人或多或少都要盲从。

就算闭门造车，你也要参考别人积累出来的机械原理。

所以你根本没必要纠结"我为什么会盲从""我如何克服盲从"这些空洞的问题，你只需要知道——我真正想要的是什么？

当你确定这一点，剩下的就是精准判断。

这大概需要一个经历失败的过程,因为没有哪个人天生就面面俱到,你需要积累足够的阅历,才能从繁杂的信息中提炼出对自己有用的部分,为己所用。

## 抓住商机赚钱的永远只是少数人

一群萌萌的企鹅站在冰层上驻足观望,好像海里有什么新奇事物一般,看得你都恨不得凑上前去看一眼。

但这有趣的画面下,其实隐藏着一个深刻的问题——下海还是不下海?

海鱼是企鹅的主要食物来源,是企鹅能够存活下去的保障,但是,冰层之下虽然有美味的食物,却也有致命的危险——虎鲸。

这可太为难企鹅了!

怎么办?犹豫着,继续犹豫着……

这时只要一只企鹅"扑通"一声跳了下去,其他企鹅就会高度紧张起来,都盯着那只掉下去的"莽鹅":先行者,用你的命运给我们探个险吧!

它们的想法很简单:要是那家伙被虎鲸吃了,那就继续等,等下一个"莽鹅"跳下去,确定没有危险我们再下去;要是那家伙平安无事,在里面大快朵颐,那我们就可以下去一起分享了!

于是大多数情况下,最先吃饱的都是那些先跳下去的企鹅,多数企鹅只能在被惊散的鱼群中捡捡漏,吃不太饱,也饿不死。

当然,也有被吃掉和被饿死的,但这是一个小概率问题。

想想你自己,是不是有时很像那群萌企鹅,你看到了获取收益的契机,但你一直在彷徨、观望、踌躇、犹豫,你在等待一个先行者,帮你将所有的危险排除出去。

在那批先行者中,的确有人成了炮灰,轰然倒地。你为此庆幸:幸亏我机智谨慎,要不然躺下的就是我了!

然后又有一批人不信邪,顶着风暴冲了上去,循着先行者的足迹,一路披荆斩棘,创造了令你仰望的奇迹。你见状又懊恼了:这个风口我早就看到了,只是我没有去做而已。

没有去做,就意味着一切机会的终结。

跟风去做,就意味着别人可以大口吃肉,而你只能捡一口残汤喝,有时候甚至连汤都喝不到。

沉思往事立残阳,这事的确有点丧。

想想几年前,股市大牛的时候,楼市狂飙的时候……

一个产业充满未知的时候,只有少数人在里面试探,他们中可能有人牺牲,但活下来的一定收获颇丰。

然而等它无惊无险，趋于饱和，你再想插足进去，不好意思，盈利模式已经固化，市场阶层已经产生，利益分配已经平衡，而你，去了也不过是凑个数据，或者，你只能做接盘侠。

很多人往往还没开始，就构思了可能遇到的所有问题和难题，然后给自己打了一个叉，放弃了，这就是典型的想得多、干得少。

很多人做事总是顾虑太多，我怕我做不好，我怕有风险，我怕被人笑话，前怕狼后怕虎，就是不怕没钱。

所以也就注定了，每一个商机出现以后，能够赚到钱的永远只是少数人。

要想富，改思路！

当你发现一个机遇时，你应该思考这个机遇会给自己带来什么损失，接下来你应该思考的是自己该如何去解决它。

而不是：不做了。

其实会赚钱的人也不是一开始就能赚钱，更不是锦鲤加身一直都能碰到好的机会，而是他们一直在笃定的领域里深耕，他们有点冲动又极富热情，充满活力敢向一切风险挑战，他们不是没有遇到问题，而是不躲不避、不遮不掩让问题暴露出来，等到所有的问题在百转千回之后迎刃而解，不就赚到钱了吗？

我只给你三点建议：决心、勇气、坚持。

当然你也需要对现实做好客观衡量，如果你承担不了风险带来的一点儿损伤，那么修身养性在岁月静好里一路往前，也不失为一种幸福。

## 过度信任经验，只会产生偏见

听朋友讲过一个笑话，当时觉得很有趣，现在跟大家分享一下。

古时候有个人以卖草帽为生，每天十里八村走一遍，大家都亲切地称他为"草帽张"。

这天中午，草帽张见草帽卖得差不多了就准备打道回府，烈日炎炎下走着走着，就感觉口干舌燥，饥肠辘辘，于是掏出干粮就着白水吃起来，吃饱喝足困意来袭，躺在树下睡了起来。

待他醒来时，发现卖剩的几顶草帽竟然无影无踪，草帽张连忙四处张望，耳边突然响起猴叫，他循声望去：树上的猴子每只头顶都戴着一顶草帽，正冲他扮着鬼脸肆意叫嚣呢。

跟这群猢狲打吗？不一定打得过！

那么草帽不要了？着实舍不得。

天空中白云浮过，草帽张突然灵机一闪，说时迟，那时快，只见他摘下头上剩下的唯一一顶草帽向猴王扔去。

猴王愤怒了：愚蠢的人类，竟然敢挑衅本王！

于是摘下草帽向草帽张飞来，其余的猴子见到猴王受到挑衅，全都炸了，纷纷将草帽摘下扔向草帽张。

草帽一顶顶落在地上，草帽张连忙拾起草帽，临走前还不忘向猴群竖个大拇指："跟哥斗，嫩了点！"

然后背着草帽，哼着得意的小曲，迈着嚣张的步伐向家中走去。

回到家，草帽张迫不及待地向家人炫耀："今天我耍猴了。"

家人听后纷纷向他竖起大拇指："你果然比猴还精明！"

多年以后，他的儿子继承父业，人称小草帽张。

这一天，小草帽张跟爸爸一样，也躺在林边睡着了，无巧不成书，他的草帽同样被一群猴子偷走了。

小草帽张想起爸爸当年的往事，迅速摘下草帽向猴王扔去。

接下来，他开始怀疑爸爸当年是不是在吹牛了，因为那群猴子根本没有扔他，反而龇牙咧嘴瞪着他，分明是种仇人见面分外眼红的架势。

片刻过后，趁小草帽张不注意，猴王一个大鹏展翅飞身下树，捡起草帽又是一个梯云纵，上树以后，猴王朝着小草帽张倒竖大拇指："跟哥斗，嫩了点！你以为就你有爸爸啊！"

说完，带着它的猴兵们，哼着小曲，迈着嚣张的步伐，消失在山林之中。

这就是经验主义常使人们犯下的错误。

通常我们遇到问题时,脑子里会迅速闪过过往画面——以前遇到类似问题,我都是怎么解决的?

凭借对这一思维方式的熟练运用,我们确实简便快捷地处理了很多常见问题。所以经验没有错,经验在一定层面上是适用的,经验之于人生的确是一笔宝贵财富,否则我们为什么还要整天复盘、总结经验教训呢?

然而过度迷信经验,把自己的经验当成金科玉律,完全凭着经验办事,有时难免马失前蹄,一脚踩进坑里。让经验占据思维的上风,也是很可怕的事情,这也是那些阅历丰富有过诸多成功故事的人最容易犯的错误。

这是个需要正视的问题。

经验主义最大的劣势在于,它会形成路径依赖,使我们在面对新生事物和未知事物时,第一反应是把它套进自己已知的条条框框中。它与创新精神是对立的,会使我们年纪轻轻便出现老态龙钟的思维,让生活和事业也呈现出一种古板的姿态。

所以我们需要保持警惕:在面对自己未知的事物或事件时,一定要在心里提醒自己,照搬经验可能存在出糗的风险。

其次要意识到经验思维的本质:为什么我们会习惯性照搬经验?本质上是我们潜意识里怕改变,因为结果未知,但害怕变化会使结果更差。

这就涉及另一个问题了：试错。

人生就是在试错的过程中一步步成长起来的，没有错误的人生不存在，不犯错意味着不会成长。搞清楚这一点，还怕什么呢？摔跟头和停止成长哪个更可怕？

所以不要怕，要勇于试错。虽然情况可能复杂，可能会有很多因素对你产生影响，但那毕竟都是有限的，你越是愿意尝试不同方法，思维的运作方式就越具有可控性，慢慢就又可以把"经验主义"控制在合理范畴之内了。

# PART 5

## 生活难免有点儿糟，给自己一点时间成长

人生最美的等待，是等一等自己。
在等待中，我们渐渐成熟；在等待中，我们学会思考。

## 世界是公平的，因为它对每个人都不公平

某个人对造物主说：你对我不公平，如果把我生成风，我就可以将岁月吹成遥远的风景，把好运送到每个人心中。

风对造物主说：你对我不公平，如果把我生成一个人，我就可以牵她的手，而不是相随十里，终要别离。

煲心灵鸡汤者说：上帝是公平的，他为你关上一扇门，也会为你打开一扇窗。

批判家说：这个世界不公平，有人几锄头下去就能刨出钻石，有人挖一辈子煤，轰然一声巨响，矿坑就成了他的坟墓。

人们太爱争论"公不公平"，似乎，从来没有停止过。

然而见仁见智，各执一词，谁也没有办法说服谁，似乎也没有必要说服谁，不管公不公平，轮到你的，你都得接着。

我更倾向于另一种说法：所有的天平都是倾斜的。

曾看过一则论题，一直以来，人们为之争论不休。

一群孩子在铁轨上玩耍。那里有两条铁轨，一条已停用，另一条在使用。多数小孩都在正使用的铁轨上，只有一个孩子例外，他在那条停用的铁轨上。这个时候，火车来了……

现在，这群孩子的命运被交到了你的手上。你就站在铁轨的切换器旁边，那么，你是让火车驶向停用的铁轨，还是让它继续向前？

如果你让火车正常行驶，很多小孩就会因为自己的无知而葬送性命。

他们确实是做错了，可是，需要付出如此惨重的代价吗？

而你若将铁轨切换，就可以救下大多数孩子，可是，那个在停用铁轨上的孩子就要被牺牲。

他错了吗？难道他没有盲从大多数人的错误，就是错误的吗？如果他是正确的，又为什么要因为大多数人的错误而被牺牲呢？

据说，这个讨论题公布以后，大多数人都选择将铁轨切换，换言之，他们牺牲了那个并没犯错的孩子……

只能说，这个世界并不是非黑即白的，公平也只能放在特定的环境下说，有些事情你无法选择，有些事情你永远看不清，有时候你所谓的公平对别人也是一种不公平。你再较真，也无法改变什么，莫不如让自己接受这样一个事实：所有的天平都是倾斜的。

然而每个人都有权利也有能力为自己增重,直到天平倾向自己。

就比如上面那个讨论题中,最终能够决定孩子命运的,却是你——站在切换器旁边的那个人。

为什么他们的命运要被你决定?因为现在,你站在这个位置上,你有这个能力。

为什么现实中你的命运又经常被别人左右?因为,别人有这个实力,而你没有。

前些天,一个小姐妹约我一起吃饭,这丫头平时很节俭,我估摸着她是"无事不登三宝殿"。果然,没吃几口,她就开始愤愤不平:"姐,你说咱们工作做得再好,公司效益再好,到头来咱们也多挣不了几个钱,而且出风头的是上司,赚得盆满钵盈的是老板,那咱们这么辛苦是为什么呢?有时我真不想伺候了!"

我告诉她:"因为咱们就是个小职员。"

其实每个圈里都有这样的人,自己熬了一锅好汤,大块的肉都让别人吃了,自己只能靠喝汤填饱肚子。

就像那些影视替身,奉献的是自己的美好,大家嘴里啧啧有声、喜闻乐道的却是某位明星,因为替身只是替身。就算替身再不服气,也不得不接受,不然,连喝汤的机会都没有。

现在别人能让你受委屈,是因为你要靠别人生活,但你不必觉得这会一成不变。所有的天平都是倾斜的，你却可以决定它倾向哪一方。你要是有能力，将来在自己的圈里混出名气，手中掌握足够多的资源，别人自然也就不能再委屈你了。

人要是不想受委屈，就得比给你委屈的人更有实力。

## 一个人受的苦,自有独到之处

"人生就是受苦。"这是 J.K. 罗琳最喜欢说的一句话,你不能把它视为成功者的无病呻吟,事实上这个女人受了很多苦。

和这个时代很多年轻人一样,罗琳大学毕业即失业,她在伦敦漂泊,靠打零工糊口。

和这个时代很多女人一样,罗琳被丈夫乔治甩了,带着 4 个月大的女儿净身出户。

无奈之下,她去爱丁堡投奔妹妹一家,靠着政府的住房补贴从某公寓租赁了一间卧室并在厨房的桌子上完成了第一本手稿。她妹妹说她写得很好,她很受鼓舞。

她妹夫在市中心开了一家咖啡馆,她每天都要推着女儿走 30 多分钟去那里,到了之后还要吃力地抬着婴儿车爬 20 多个台阶。她会在楼上找一个安静的角落坐着,而只有女儿睡着的时候,她才能开始写作。

咖啡馆的装修很有校园风味，只有在这里，罗琳才感觉到自己还活着，或者说，活得还有价值。

我们可以想象一下这个场景，一个年轻女人在咖啡馆里静心写作，她的身边放着一辆婴儿车，一个粉嘟嘟的婴孩在里面酣睡，时不时地咧嘴笑一下。这好像挺浪漫的，但当你过这种生活时，就会知道这实际上一点儿也不浪漫。

后来，罗琳找了一份小差事，给人做秘书，每周能赚15英镑，这是她所能赚取的最高额度的外快，因为一旦超过这个限额，政府就会在她的救济金中扣除相同的数目。但至少，这笔钱能够改善她们母女的生活，至少女儿的尿布不用发愁了。

罗琳说，她从没有忘记自己第一次在众目睽睽之下拿着救济簿挤向柜台的那一幕。"我不知道，我背后的那些老人看到我时会说些什么，也许她们心里都在想，'乞丐和懒人是社会的负担'。这个时候，我大部分的自尊都被挤掉了。"

但是，她都忍了过来。后来的事情我们都知道，这个女人在全世界刮起了一股"哈利·波特"的旋风，她的作品被译成60多种语言，在200多个国家和地区行销2亿多册，她成了超级富婆，还被英国女王伊丽莎白二世授予帝国勋章。

然而，她的痛苦到此结束了吗？

可能没有。我们只能看到她现在的荣耀，却看不见她现在的痛苦。

她可能不会再向这个世界诉苦，但她一直在说：人生就是受苦。

她已经默认了，人生就是一个痛苦的过程。

如果我们也能默认这一点，生命里大概就不会再有那么多恐惧了。

我们的许多犹豫和恐惧，事实上都源于对痛苦的预测，倘若我们知道了，即使什么都不做，也仍然无法逃避痛苦，那就去做好了，有什么可怕的？

"人生是由各种不同的变故、循环不已的痛苦和欢乐组成的。"法国作家巴尔扎克说。

**但事实上，"所谓欢乐，是指身体的痛苦和灵魂的无纷扰"，我们快乐，只是因为幸福在某一时段超过了痛苦，或者在某种欲求得到满足后感到如释重负。我们穷毕生之精力寻找幸福，长期忍受着痛苦和折磨，我们只能减轻痛苦，而无法将它清除。**

痛苦，一直占据我们每个人生命的大部分，跌打损伤，失恋背叛，穷困潦倒，功败垂成，等等，一直躲藏在我们四周，从不曾远离，说不准什么时候就冒出来，狠狠地推我们一个跟头，痛得我们龇牙咧嘴。

而这一切，我们必须忍受。

让幸福在更多的时候超越痛苦，用欢乐将痛苦的程度降到最轻,可能才是我们人生的意义吧。

好好活着,比什么都重要。

人是要适应社会的,而不是让社会来适应人,你要学会随机应变。

## 接受不幸才是找到幸福的第一步

很多时候我们都喜欢假设，假设那些不好的事情从来没有发生。就比如我本人也时常会想：

如果我的个子能再高一点……

如果我能再瘦一点……

然而有什么用呢，我们并不具备用意念控制事情发展的本领，不断假设，只会不断给自己增添烦恼。

我有一个朋友，4岁时患了小儿麻痹并留下后遗症，导致下肢畸形，形体和行动都受到了一定影响。

她其实很漂亮，但30岁之前一直没有谈过恋爱，在小城市里也算是大龄青年了。她的妈妈为此愧疚不已，说自己没有医疗常识，要是早点给孩子服糖丸，这病也许就能躲过去。每每说到此处，她妈妈都会拉着她的手说："孩子，是爸妈对不起你！"

我朋友说，小时候她也挺恨父母的，觉得他们既然不能好好养自己，就不该把自己生下来。但长大了，懂事了，就从没这样想过。

她说："咱们父母都是60年代的人，不是知识分子，要求他们具备医疗常识，这不是强人所难吗？你再看咱们这代人，哪家不是两三个孩子，为啥我家就我一个姑娘，还不是我爸妈心里有愧，所以连再生个孩子的想法都放弃了，为的就是要尽全力弥补我。我想明白这些以后，就再没恨过我爸妈，反而很感激他们，他们并没有放弃我，所以我也不会放弃自己，让他们更伤心。"

她确实从来没有放弃过自己。记得有一年，我们这些发小相约重聚，她自然也去了。正吃着呢，斜对角那桌两个一身酒气的小青年低声嗤笑："光看脸还真不赖，可惜是个瘸子。"

声音虽不大，但店里人不多，这话还是被一位坐得近耳朵灵的朋友听到了。我那朋友是个火暴脾气，他拍桌而起就要过去理论。起初我们不明就里，结果听他把话一说，我们都气愤了，女士们也摩拳擦掌，跃跃欲试。

倒是她沉得住气，拦住我们，说："咱们都多长时间不能聚得这么齐了，别为这点小事坏了兴致。你们别看我人瘸，但心不瘸，这几年不也活得不错吗？倒是有很多人，人不瘸，心瘸，可惜爹妈让他们来这世上走这一回。"

我暗暗佩服她的沉稳与犀利，把眼睛瞟向对桌，那两个小青年见我们人多火大,也没敢言语,迅速结账走人了。

就像她自己所说的那样,现在的她的确活得有滋有味。

她没上过大学,高中毕业以后就到处找工作,过程不必赘述,反正相当曲折。后来在网吧找了一份收银的工作,事不多,每天就收收钱,卖卖东西,但她非常开心,毕竟是自己的第一份工作。她尽心尽力地做着,可一个月后还是被老板给辞了,说她动作太慢,总是惹顾客不满意。于是,她被一个青春靓丽、身材婀娜的女孩子代替了。

她说这个时候自己挺迷茫的,觉得自己可能真的就什么都做不了了。但从小受惯讽刺的她性格异常顽强:"既然别人不给我工作,我就为自己工作!"

她去电脑城免费给人家打工,只要管两顿饭和通勤费就行。她边做事边学习,一年以后就对电脑的组装和一般故障维修烂熟于心。接着她从父母那里借了2万元钱,在小区租房开了一家电脑维修店,也兼营一些电脑配件。

一开始,生意冷清得很,入不敷出。她想尽办法,利用一切机会宣传。她成捆地买报纸,将自己的宣传单夹在报纸里传送。几个月以后,附近几个小区的居民都知道有个跛脚女孩开了一家电脑维修店,而且技术好,维修认真,收费低廉。于是口口相传,大家纷纷介绍客户给她。她的生意开始越来越好。现在,她把店开到了电脑城里,生意越来越红火,在我们这群小伙伴里成了最先富起来的那个人。

前年春节前,她去哈尔滨给她的妈妈买了一件貂皮大衣,花了小几万元钱。那年冬天,她妈妈经常穿着这件大衣去找老邻居们打麻将,大家都知道她不是为了炫富,而是想告诉别人,自己那个女儿现在多么有出息。

关于这件事,我的母亲跟我说过好几次,弄得我这个不知弦外之音为何物的人都隐约觉得她是在向我暗示着什么。

那天吃完晚饭,刚坐到电脑前,手机屏幕突然闪起,电话里很快就传来她好听的声音:"亲,我要结婚了,你回来吗?"

"那必须得亲自登门给你送一份大礼啊!"

放下电话,脑海里突然闪过一句话:接受不幸,往往是找到幸福的第一步。

我听说荷兰的阿姆斯特丹有一座15世纪建造的教堂,那教堂的废墟中有一块风蚀雨削的石碑,石碑上有一条能让人瞬间脱离痛苦的醒世箴言——"既已成为事实,只能如此"。

我并不知道到底有没有这座教堂以及这块石碑,是不是这只是别人的杜撰。但是这句话,不管在哪里存在,我都觉得它是一句箴言。

其实我们有很多痛苦都来自对既成事实的否认。

那么我们可不可以在遭遇到不幸时,不允许自己这样想——事情本来可以有另外的结局,而我们本来可以阻止这一不幸的发生？

因为这种想法只能加剧痛苦，我们只是在折磨自己。

其实对待我们最残忍的，往往正是我们自己。

**我们总是把自己困在过去的事情里，不愿意让受伤的自己脱离，总想着当时如果怎样，就不会有不幸的事情发生，然而人生没有如果。不幸的事情既然已经发生，我们唯一能做的就是接受事实，并使之朝着好的方向发展。**

即使你是一名受害者，你也不能让自己永远做一名受害者。因为，在你等着某个人来纠正错误的时候，人生已经往前滚动，不再等你了。

## 抱怨有什么用,还不如化悲痛为力量

美国知名心理学家威尔·鲍温发起过一项"不抱怨"活动,每位参与者都会领到一只特制的紫色手环,如果自己抱怨了,就将手环换到另一只手上,直到手环能够一连21天都戴在一只手上为止。

活动发起以后,在不到一年的时间里,全世界有来自80多个国家和地区的600多万人参与其中。

结果,比尔·盖茨用了21天成功,冯仑用了31天,唐骏用了32天……

如果我因此说越不抱怨的人会越成功,你一定会嗤之以鼻,但请仔细想想抱怨又给我们带来过什么好处?

不过是让我们不合理地发泄情绪而已。

诚然,每个人都会抱怨,在喧闹的城市里,在忙碌的生活中,在不如意的时候，可能每个人都想抱怨几句。

抱怨少的人不是烦恼少，只是他们有一个好习惯让自己看起来不那么失败。他们有自己对抗世界、与不如意的事情和解的方式。

欧阳姗姗当初带着自己精心制作的作品到现在的公司应聘美编，因为排得比较靠后，在无聊漫长的等待过程中，为了缓解疲劳，她就向前台小姐要了一杯水。

很不幸，前台小姐在给姗姗送水的时候，不小心打翻了杯子，水又很凑巧地全洒在了她的作品上。精美的作品瞬间就变成了模模糊糊的"水彩画"。

姗姗一下子愣住了，这可是自己面试时需要用到的作品呀，没有作品可怎么向主考官讲述自己的创意和构思呢？

前台小姐也很尴尬地愣在了那里，姗姗知道这时候抱怨她也没用，稍微冷静了一下，赶紧让她帮忙找来纸和笔。趁着等待的空当，姗姗用一张白纸将自己的作品简单地重新描画了一遍，又用另一张白纸把作品被淋湿的经过大概叙述了一下。

结果，她在与众多高手的竞争中胜出了，并最终坐上了设计总监的位子。主考官后来对她说："设计注重的是创意和变通，从你处理问题的方式上，我们看到了这一点。"

生活中总有欧阳姗姗这样的女孩，不管生活对她们做了什么，她们都不会满腹牢骚或是痛彻心扉，更不会让自己看上去显得卑微或是落魄，她们或许也有怨气，但她们选择默默地与命运对抗，偷偷地改变自己，说不准什么时候她们就吓你一跳，然后成为你鼓励别人的励志故事主人公。

可是，为什么你更喜欢抱怨呢？

"会哭的孩子有糖吃"，你在幼年时自然而然习得的这种能让自身获得好处的本领，从此一直伴随着你的成长，所不同的只是变换了一个模式。

此类行为的确会在一定程度上带来美好的回馈体验，诸如获得更多的注意和关注，可以为自己的失败推卸责任，获得"始终我是对的"的自我慰藉，等等。

可是真相绝非如此。

起初许多善良的人会同情并尽力帮助"受害者们"，但这种关心与帮助不会持续很久，你不断输出的负面情绪最终会使人认识到你"矫情至死"的本性，人们心底的友善将被你的所作所为消磨殆尽，取而代之的是对你深深的厌倦甚至是厌恶，以及敬而远之。

受害者心态的真相，实际上是潜意识里对健康自我的全盘放弃。

一个人一旦迫使自己相信自己是受害者，他一辈子都会陷在情绪的泥沼之中不能自拔，因而变得神经过敏，怨天尤人，不负责任，抱残守缺，故步自封。

当你觉得自己是受害者时,你应该及时提醒自己:这是错误的,它就是一种内耗,是一种自我折磨。

不要再浪费精力去咒怨那些无法改变的事情,把精力放在可以改善的地方,如此我们才能挣脱"受害者"的境遇。

你要知道,除了我们自己,没人该对我们负责。

## 天无绝人之路,除非自寻死路

在北方农村有一句俗语"老天爷饿不死瞎家雀",我深以为然。有时候,我们可能觉得脚下的路越走越窄,甚至觉得自己已经到了山穷水尽的地步,因而丧失了继续行走的勇气,但事实上,只要走下去,总会有路,即使狭窄,也能通过,只是因为我们不走,结果才真的无路可走。

美国有一位非常成功的小说家叫普拉格曼,你可能没有读过他的小说,但你应该听听他的故事。

因为战争等原因,普拉格曼连高中都没有念完,但他后来却成了美国家喻户晓的作家,这并不是一件大概率的事情。

他的长篇小说获奖,在颁奖典礼上,有记者问他:"普拉格曼先生,您认为是什么样的优秀品质促使您获得了今天的成功?"

普拉格曼毫不迟疑地回答:"自信,与生俱来的自信,我拥有颠扑不破的自信。如果将我的事业比喻成一顶王冠，那自信就是镶嵌在这顶王冠上的'何伊诺尔'（光明之山钻石）。"

又有记者问他："您能告诉我们，您成功的关键转折点是什么吗？"

几乎所有人都以为普拉格曼会做出司空见惯的回答，比如童年时母亲的教训，或者少年时某个师长的悉心指点，又或者成年后某次不起眼的机遇等。

普拉格曼却跟众人卖了个关子，他说："是第二次世界大战期间我在海军服役的那段日子，那是我人生中受教最多的日子。至于我人生的转折点，恰似我的生死关头。"接着，普拉格曼在众人好奇的目光中，讲述了那件令他终生难忘的事情……

那是1944年8月一天的午夜，普拉格曼在两天前的一次战役中受了伤，双腿暂时性瘫痪。为了保住他的命和腿，舰长下令，由一名下士驾驶救生船，趁着夜色的掩护将普拉格曼送往战地医院。

不幸的是，由于天色太暗，再加上海上起了风，普拉格曼和那位下士在那不勒斯海迷失了航向。他们在危机四伏的黑暗中漂荡了四个多小时，孤立无援，而普拉格曼的伤口还在流血……

那位下士惊慌失措，拔出枪来想要自杀，普拉格曼急忙阻止他："你别开枪，你听我说，我有一种神秘的预感，我们一定能够死里逃生到达彼岸。"

下士听了他的话，迟疑地放下了对准太阳穴的枪。普拉格曼又对他说："如果你现在开枪，你和我都必死无疑，但你放下枪，我们就还有机会。"

其实说这些话时，普拉格曼自己心里也忐忑不安，但就在他说完这些话不久，奇迹竟然真的出现了，前方岸上亮起了射向敌机的高射炮火，他们惊喜地发现，原来自己的小船离海岸线还不到3海里。就这样，他们上了岸，脱离了危险。

这次死里逃生彻底改变了普拉格曼。这件颇具戏剧性的事使他意识到，**生活中很多被人们看作不可逆转的事情，其实更多的时候只是人们的一种错觉。而恰恰正是这种错觉把我们的生命给困住了，我们只有冲破它，生命才能够突围**。假如一个人能够永远对生命充满信心，永远认为希望还在，那么即使到了最危险的关头，也能找到那一线生机。

战争结束以后，普拉格曼一心想成为一名作家，于是开始疯狂地写作和投稿。最初，他投出去的稿子就像垃圾一样没人肯要，他的家人和朋友都认为他不适合写作，劝他放弃。

他有些动摇了。可每当他想要放弃的时候，就会想起1944年的那个晚上，想起那次死里逃生，于是他想，生机应该就在不远的地方。后来，他站在了领奖台上。

当人生黑暗无光，迷失方向的时候，很多人就像那位下士一样，选择用最消极的方法去逃避，他们以为自己走到了死角，再无回旋的余地，事实上，这只是一种错觉。

正如普拉格曼所说，我们的生命被这种错觉包围了，我们并不知道希望就在不远的地方，因为自觉没有了希望，生命才会陷入荒凉。

换言之，许多时候，并不是路上的障碍，而是我们自己狭隘的心态把我们逼得无路可走。当你觉得生命中那些破事快要了你命的时候，不妨告诉自己：这只是个错觉。

我们不应该过早给自己的人生下定论，因为一切都远没有结束，对于未来你无法预知，但你为什么不设想它能够很好呢？

其实每个人都会有或自卑、或堕落、或沮丧、或沉沦的时光，这种心灵上的黑洞只能自己去填补。如果你肯带着自信与希望上路，阴影就会被你甩在身后。关于未来，无论是痛苦还是欢乐，都是生命的自我享受，值得一试。

## 你要明白,该在什么时间吃苦

作家林清玄写过这样一个故事。有一年,上帝看见农民种的麦子硕果累累,觉得很开心。农夫见到上帝却说:"五十年来我没有一天不祈祷风调雨顺、五谷丰登,可无论我怎样祈祷却总不能如愿。"

这时,农夫忽然吻着上帝的脚说:"我全能的主呀!您可不可以答应我的恳求,让明年没有狂风暴雨、烈日和虫灾?"

上帝说:"好吧,明年必定如你所愿。"

第二年,由于没有狂风暴雨、烈日与虫灾,农民的田里结出的麦穗比往年足足多了一倍,农民高兴不已。可等到秋天的时候,农夫发现所有的麦穗竟全是瘪瘪的,没有什么好籽粒。

农夫含泪问上帝,说:"这是怎么回事?"

上帝告诉他:"你的麦穗避开了所有的考验,才变成这样。"

如果离开大自然的历练,任何植物都结不出美好的果实,一如这麦子,一如海南的椰子,离开又咸又苦的土壤就会只长个头不结果。

人,也是如此。每一个成熟的人,都有过一段吃苦的经历;每一个落魄的人,都有一个贪图安逸、不思进取的从前。

我常当着孩子的面对丈夫说,现在咱家虽然不缺吃穿,但也别太惯孩子,别给他养成好吃懒做的毛病以及弱不禁风的性格。

小家伙在一旁听得似懂非懂,却也拿白眼直翻我。

我也常对朋友讲,有些人吃苦在前,那么他往后吃的苦必然越来越少;有些人享乐在前,那么他往后吃的苦必然越来越多。

我有这种感悟要追溯到几年前,那时我还在海淀西三旗一个建材市场管理处做文案。有一次我受命给一位温州籍建材商及她的商铺写软文,于是前去拜访,采集文案资料,交谈中她给我讲了一个故事。

她说有两个女孩子,同龄又是邻居,家里都很穷,吃了上顿愁下顿。这两个女孩子,我们姑且称之为 A 和 B 吧。

后来,A 家走了好运,有一位海外亲戚回来认祖归宗,并给每位近亲都留下了一笔钱,在当时看来,那是件很让人眼红的事情。A 的父亲拿着这笔钱去温州市里做生意,在改革浪潮的推动下很快就发达了,举家搬到市里,住着宽敞明亮的大房子,开着喇叭响亮的小汽车。

而B家并没有这样的亲戚,她的父亲虽然也进城去做生意了,但只是去摆地摊,经常被工商追得满街跑,他们依旧住着破旧的老房子,代步的工具只是一辆二手自行车。

A家发达以后,A的父亲对外宣称:我这前半辈子,老婆孩子跟我吃够了苦,以后再也不能让她们吃一点儿苦了!于是对孩子言听计从,有求必应,想要什么都满足。A上高中以后,常在小伙伴面前炫耀:"我爸说了,我只要好好学习,考个大学光宗耀祖就行,其他事情都不用我操心。我家现在有的是钱,我以后想干什么都行。我要是想当律师,就考法律系混个文凭,我爸会让公司的法律顾问教我如何做个好律师,那人可是在全国都有名气的;我要是想当演员,我爸就投些钱,让导演给我安排角色,慢慢演;我要是想经商,以后就接管我爸的公司,要知道,我家做的可不是什么小生意。"

而B的父亲总是对她说:"丫头,你爸没能耐啊,没能力让你和你妈过上好日子,以后也给不了你多大帮助。你要是能考上大学,爸就算砸锅卖铁也供你上学,你要是考不上大学,就找个比你爸爸有出息的男人嫁了吧!"

两个女孩子都记住了父亲的话。

A首先去学习法律,毕业以后跟着父亲公司的法律顾问学做律师,没到两个月,她就觉得律师的工作太单调了,根本不适合自己的性格。

她觉得做演员一定很好玩，于是又要求父亲给自己投资拍片。可是真做了演员她才知道，原来演戏的工作这么辛苦，尤其让她忍受不了的是，自己竟然要从配角做起，而且还要看那些大牌的脸色，要知道，从小到大她可都是小伙伴当中的主角。

最后，她决定跟着父亲学习做生意，可是这时，她父亲的生意因为市场不景气一落千丈，又因为不搞创新突破而日渐失去市场，最后竟关门破产了。A落了个一事无成，因为没有什么本事，不得不去为别人打工，她父亲"不让孩子吃一点儿苦"的心愿也彻底泡了汤。

B并没有考上大学，高中毕业以后就跟父亲去摆地摊。刚开始的几天，她心里特别难过，尤其是遇到老师和同学的时候，真恨不得找个地缝钻进去。所以没出几天摊，她就再不肯去了。

父亲也没强迫她，自己蹬着三轮进城了。

在家待了几天，她觉得目前除了摆地摊，自己确实无事可做，于是又硬着头皮跟父亲去了城里，可是没过几天，她又受不了了，风吹日晒雨淋不说，还经常吃人白眼遭人辱骂，她又赌气罢工了。

几天以后，看着一脸沧桑的父亲，她又跟着父亲出发了。

渐渐地，她从摆地摊中领悟到，要想摆脱目前的处境，就要先把眼前的事情做好。结果几年以后，为人诚信、心思活络的她攒下了一笔钱，租了一间商铺开始经营建材。又过了几年，国内房地产行业突飞猛进，她也乘势而起，不断扩大经营范围。

如今，她名下已经拥有十几家建材商店，而她的父亲也终于可以享清福了。

讲完这个故事，那个温州姐姐笑着对我说："我就是那个摆地摊的丑丫头，而A，是我儿时的好朋友，她现在为我工作，帮我管理着名下的一间商铺。"

顿了顿，她又说："我讲这些，并不是为了炫耀什么，只是希望你在给我们店作宣传的时候，不要用过多的笔墨夸大我个人，我现在的一点儿成绩，都是用过去的辛苦换来的，而如果我们现在就满足，贪图享乐，那么总有一天还是要吃苦。我希望你在着重宣传我们店诚信经营、物美价廉的同时，能够适当加进去这样一些东西，给我和我的员工一些警示。"

我原以为商人眼中只有利益，没想到她竟然可以讲出这般深刻的故事。其实许多人的命运都像这个姐姐一样，因为经历了一些敲打雕琢，最后的结果才有所不同。

我想，生活应该与品茶很相似，入口之初是苦涩的，越品就会越觉其芬芳。我期盼在我老去的时候，能够安享天年，到那时，我一定会感激现在自己所受的苦。

我想告诉我的家人和朋友，以及正在听我絮叨的你：生活不只是眼前的苟且，还有诗意和远方，在无数个黯淡无光的日子里，有无数个诸如你我一样的人在受苦受难却不甘平淡。倘若我们，安于眼前的享乐，让风花雪月遮挡了前途，那么所谓的未来与梦想终会如同美丽的泡沫，华丽但易碎，所有的灾难和痛苦定会如同沙尘雾霾一般，阴魂不散。

　　是的，在提高自己的过程中肯定会有很多困难和挫折，但我们所经历的每次挫折其实都是更上一步的台阶。一个人是否成熟不是看他年纪有多大、懂的东西有多么多，而是要看他在遇到困难时，拿出怎样的态度——是束手就擒等着别人救死扶伤，还是揭竿而起，对抗到底，反戈一击。

　　态度，决定人的境遇。

# PART6

## 面对挑战和未知，要有乘风破浪的勇气

这个世界如同大江奔涌，我们只有不断努力，才能凭着乘风破浪的勇气披荆斩棘，奋勇向前。

## 你且大胆前行，岁月自有馈赠

一个朋友在某一个下午，突然想去另一个城市看海，她自己驾车一个人在20个小时后到达了目的地。

她说："在另一个地方等日落，终于活到了自由洒脱的年纪，不在意眼角爬上的皱纹，也不在意别人的评价，在人间的每一天，都非常值得。"

就像有人说的，不管多大的年龄，依然保持着想起一碗面，穿越半个城市也要去吃的热情。想去看海了，订了机票就可以走，想念雪山了，自己找路线做领队召集队友。生活即使有不痛快，可以允许自己难过，但绝不允许一直沉沦。要相信一切都会变得越来越好。

熙然刚40岁，两年前她刚刚查出恶性肿瘤。那一天她从医院出来，浑身发冷，但一滴眼泪都掉不下来。她在想：为什么是我呢，我还有一个可爱的女儿，都还没好好陪她长大，都还没好好体验过自己的人生，怎么就生病了？

但是为了能更好地陪伴家人，她开始积极治疗。在治病的过程中，她经常吐到昏天黑地，疼起来的时候会产生幻觉，觉得自己像耗尽的电池，或是置身荒岛。但是在那种艰难的过程里，她发现依然可以和朋友说好笑的笑话，她还是可以看自己喜欢的电影，她也可以在剃了光头之后，戴一顶好看的帽子，让自己看起来美一点。她依然可以和女儿一起养好看的花，一起画画。在她的努力下，病情有了很大的好转。她还会想，正因为她所经历的这一切，才让她有了一个与众不同的生命。

好像40岁的她，生命才真正开始。她说只要有勇气放下过去，有勇气改变自己的现在、未来，一定充满了无限的可能。再回首，心里剩下的不会是遗憾，而是庆幸。庆幸自己的洒脱，庆幸自己的觉悟，庆幸自己有继续前行的勇气。

我们的智慧并不来源于外在的条件，而是源于自己的内心。不可重来的，都要好好体验，而我们的人生，不就是那些难忘的瞬间吗？

在这个世界上，有无数人，有无数种命运，有无数种活法。

现实就是这样，既残忍又可爱。它既让你尝遍很多艰辛，又会给你不经意的甜蜜。

年少的时候，总觉得人只有成功才能获得最好的生活，但是真正到了一定年龄之后，你会发现好的生活不一定要等到奋斗成功之后才能得到,"好的生活"更多的是你内心的一种感觉,能够让你真正愉悦的,也可以是一个微笑、一餐美食、一个拥抱、一个阶段性的小胜利,还有你勇敢向前走的决心。

一位人像画师做过一个实验,在给路人画像的时候,总会先问被画者几个问题,问他们如何形容自己的外貌,然后他再问旁观者同样的问题。最后他画了两张肖像,第一张是被画者自己描述的自己,第二张是别人眼中的被画者。被画者描述的自己总会有很多的缺点,而旁观者眼中的被画者,总是有更多的优点,更积极,更自信。

事实是,你,远比你想象得要更好。每个人的生活轨迹都是独一无二的,也是这独一无二的轨迹导向了每个人不同的人生,不论哪种,最重要的是不枉此生。

短片《人生不设限》,很多人看后都深受感动。有时候我们一直被年龄与世俗压力所困,刚推开人生新阶段的大门,就发现门里面的世界早就被一笔一画地用年龄限定好了。影片里三个女生在成长的路上都遇到了年龄带给她们的困扰。她们的手腕上都有一个反映着其年龄的标记,而随着年纪增长,她们越发感受到外界所带来的压力,年龄似乎渐渐令她们忘了当初的自己是如何闪着自信的光芒。她们曾躲避年龄、挣扎反抗,当她们终于领悟不该被年龄捆绑,而应听从内心的声音,正视每一个年龄段的自己时,她们从内心撕掉了年龄的标签,也打破了年龄的限制。

年龄对于我们，会酝酿出更加丰沛的感受，会让我们更自在地表达；能抚平伤痕的恰恰就是那些细碎熨帖的日常，和那些平凡朴素的小日子。

四季轮回，我们每个人都以自己的方式前行，努力生活，不抱怨，不气馁，不绝望。此刻的你，还和几年前一样吗？坚强的，悲观的，快乐的，痛苦的那些心情，在回忆里渐渐塑造成现在的自己。

**人生就是一站有一站的风景，一岁有一岁的收获。生活不是橱窗里的标本，它是活灵活现、有声有色的。随着岁月的交替，我们会变成更有智慧的人，会用心体察周遭事物，在生活的细微之处，获得伟大的感悟。**

当一个人专注于自己喜欢的世界时，身上自然会焕发出不自知的光芒，那光从她的心里发出来，透过眼睛，化作周身的欢喜。

岁月让我们与喜欢的自己相遇。

## 人生如同一场冒险,你要勇敢一点

人生如同一场冒险的旅程,每个人都肩负着自己的使命和责任。在这个充满挑战和不确定性的世界里,我们需要勇敢一些。

勇敢并不意味着毫无畏惧,而是在面对恐惧和困难时敢于迈出一步。勇敢是一种内心的力量,它驱使我们超越自己的限制,勇往直前。当我们勇敢地面对困境,我们将发现,真正的勇敢源于内心的坚强和执着。

勇敢让我们拥有无限的可能。勇敢开启了梦想的门,让我们敢于追寻自己内心的渴望和理想。勇敢让我们面对挑战、面对失败,勇敢让我们不断进步和成长。

正如华特·迪士尼所说:"勇敢者不是没有恐惧,而是能够战胜恐惧。"

勇敢使我们面对改变。改变是不可避免的,时代在前进,世界在变化。我们需要勇敢地适应这个变化，并且敢于主动去改变。勇敢拓宽了我们的视野，让我们看到更多的可能性和机会，让我们更加努力地追求梦想。

有一部电影，女主角只是一个跑龙套的无名小卒，每天的工作，不是演死尸，就是被导演骂。日复一日，黯淡无光。工作不顺，感情被骗，家人不解，生活的洪流夹杂着泥沙肆无忌惮地冲击着她。可是她说，她想演戏，她想成为一个好演员。

"希望"成了她生活中的微光，正是这份微光，成了她面对生活最坚强的力量。

我们每个人，都必须用尽全身的力气，在贫瘠的土地上，勇敢地浇灌出自己的花朵。

实现梦想的过程中，会体会到自己比想象中更强大，更相信自己是可以依靠的，这种自我效能感与价值感会成为支撑你们度过人生中更多坎坷与挑战的力量。

**勇敢是一种品质，也是一种态度。勇敢不仅表现在面对外部的困难和挑战，更表现在对自身的坚定和积极。勇敢是相信自己的能力和价值，勇敢是对自己的善良和正直的坚守。**正如马丁·路德·金说："勇敢是不畏惧的勇气。"

在人生的道路上，我们需要倾听内心的声音，发现潜藏在我们身上的无尽潜力。要勇敢一些，追求我们内心真正渴望的生活。唯有勇敢面对自己，我们才能实现自己的梦想和成就。

让我们勇敢一些，面对人生的每个挑战，不畏惧失败和困难，用坚强的内心去解决问题。勇敢一些，即使失败了，也不后悔尝试过。勇敢一些，相信自己的能力和潜力。

几年前，我很喜欢的一个主播叫双双，她的声音能温暖很多人的耳朵，我曾看到她的故事：

她和在电台工作的朋友聊天，朋友问她："你白天上班，为什么还有那么多时间写稿子、录节目、做后期、运营公众号、健身、学习各种技能，我怎么就做不了这么多事呢？而且你在电台工作了十几年，究竟是怎么坚持下来的呢，好拼啊！"

双双笑着回答："每个人的时间都一样多，最忙的那段时间，我一下班就回家，扒两口饭就开始写稿、录节目。那时候没有朋友聚会，没有时间看电影，连上网购物都要掐算着时间，熬夜也是常事。但我并不觉得自己是在拼，因为身边的朋友大都这样。只有努力的人才会发光，终有一天会被希望看见。"

生活对于有些人，那种活着的感觉像一座山峰连着一座山峰，一场战役连着一场战役。请勇敢一些，坚定追寻自己的目标，哪怕感觉很遥远，也不要害怕。因为这条路你终究会看到希望，你也会越来越确定自己想要成为什么样的人。

我们要像种子一样用力生长。我们每个人都是一粒微小的种子，在这个广阔的世界中，命运的土壤是我们站立的土地，经历是生长的阳光和雨露。正如种子需要扎根于土地，我们也需要找到自己的根基。这个根基可以是我们所处的环境、家庭、朋友或者内心的坚守。有了这个稳固的基础，我们才能茁壮成长。

阳光和雨露是种子成长的必需品，而我们的阳光和雨露则来自学习和经验。不断学习和积累知识，我们就像种子一样，不断吸收养分，努力成长。通过经历各种挑战和困难，我们可以经历磨炼，变得强大坚韧。谈到学习，每个人都有自己的方法和技巧。提升学习力不仅仅是为了在学业中取得好成绩，更是为了培养一种持续学习和成长的心态。下面是一些提升学习力的建议：

**制定明确的学习目标**：在开始学习之前，设定清晰的学习目标可以帮助我们更加有方向地聚焦于学习内容。这些目标可以是小的任务和目标，也可以是长期的目标和愿景。

**制订合理的学习计划**：制订一个合理的学习计划可以帮助我们合理分配时间和资源。将学习任务分解成小块，每天或每周制订学习计划，并设定合理的时间限制，这样可以帮助我们更容易地掌握和消化学习内容。

**培养专注力**：专注力是学习的必备品质。为了培养专注力，我们可以选择一个安静且没有干扰的学习环境。关闭手机和电视，保持注意力集中在学习上。

**管理时间和休息**：合理管理时间非常重要。为了提高学习效率，我们应该合理安排学习时间，并注意休息和放松。过度学习可能会导致疲劳和厌倦，因此合理安排休息时间可以帮助我们更好地集中注意力和保持学习动力。

**寻求帮助和互相合作：** 不要害怕寻求帮助，别人的建议和观点可能会给我们带来全新的启发和理解。此外，与同学或学习伙伴合作学习可以更好地互相促进和提高。

**提升学习力是一个长期的过程，需要持续的努力和坚持。** 通过以上的建议和方法，我们可以逐步提高自己的学习能力，并在学习中取得更好的成果。

## 不要气馁，"雨下再大"又怎样

有时候我们难免会有"不喜欢这样的自己""不喜欢现在的生活"，会有失望、沮丧、迷茫和跌跌撞撞……但那又怎样，重新出发就好了。相信自己，你有足够的勇气和底气去面对自己的内心和这个世界。

宇宙山河浪漫，人间点滴的温暖都值得我们去珍惜。人生中充满了各种挑战和困难，但是我们不能因此而气馁。每个人都拥有无限的潜力和能力，只要我们相信自己，坚持努力，就能克服一切困难，实现自己的目标和梦想。

很久以前看过一部电影《金氏漂流记》，有点像现代版的《鲁宾孙漂流记》，一个失去工作、妻子和生活勇气的男人跳进汉江后，漂到了一座与城市隔绝的小岛，他在沙滩上用树枝写的"HELP"被一个只喜欢用望远镜默默看着这个世界的宅女发现后，两人的生活变得快乐且充满期待。

这期待简单也浪漫,这个男人每天在沙滩上写字给她,宅女深夜把写好的纸条装进玻璃瓶,然后跑到小岛桥上丢下去给他。

他们的感情蔓延滋长得益于文字培养。

他俩的互动很有趣:一个自杀未遂,人变得自然简单;另一个自娱自乐,"宅"让她变得真诚简单。两人一拍即合,每天因为对方开心得合不拢嘴,所以最后两人见面的时候,嘴里冒出的"HELLO"让人觉得每个淋过大雨的人都可能自愈。

人的一生中难免会面临各种不如意和挫折,而在这些困难中,我们需要学会疗愈自己。疗愈并不仅仅指医治身体上的伤痛,更包括了心灵的愈合和内心的平静。

在追求目标的道路上,我们会遇到许多挫折和失败。但是,不要把这些看作永远无法克服的障碍,而要将它们看作学习和成长的机会。失败并不意味着我们无法成功,它只是一个提醒我们需要更加努力和坚持的信号。

每个人都有自己的优点和特长,我们不应该过分关注自己的不足和缺陷。相信自己的才华和能力,发挥自己的优势,做到最好。切勿被他人的评价所左右,我们最重要的是自信和对自己认可。只有相信自己,我们才能发现并发挥自己的潜力,实现自己的价值。

我们应该与那些能够给予我们正能量和支持的人为伍,远离那些消极和打击我们信心的人。积极的思维和良好的环境会激发我们的潜力和动力，让我们更加坚信自己能够做到。

印度哲学家克里希那穆提早就告诉我们，一旦发现真正爱做的事，你就是一个自由的人了，然后你就会有能力、信心和主动创造的力量。如果你不知道自己真正爱做的是什么，你只好去做人人羡慕的律师、政客或这个那个，于是你就不会快乐，因为那份职业会变成毁灭你自己及其他人的工具。

我们要从人生中的小事中感受力量，人生中充满了无数温暖的小事，它们或许微不足道，却能在我们的内心留下深深的感动和回忆。或许是一个朋友的微笑，一句温暖的问候，一个突如其来的拥抱，它们能瞬间抚慰我们的心灵。有时，当我们遇到困难和疲惫时，一丝关怀和支持就能让我们重新振作起来。

我们还可以从自己身上找到温暖的小事。当我们主动帮助别人解决问题，当我们给予他人鼓励和理解，当我们放下偏见和争执与人友好相处，这一切都能带来内心的宁静和温暖。

人生的道路上充满了变数和不确定性，我们无法预测将来会发生什么。但是，强大的信念和积极的心态能够帮助我们适应和应对未知的挑战。把握当下，相信自己的选择和决策，勇敢地向前迈进，只要我们不气馁，坚信自己，就能克服一切困难，迈向成功。

在这个广袤的世界上，人生的可能性是无限的。只要我们敢于尝试，敢于突破自己的限制，我们就会不断发现自己的潜力和价值。雨下再大又怎样，我们可以用自己的努力和选择，书写出属于自己的精彩篇章。

我们每个人都会有沮丧的时候，好像站在十字路口，找不到生活的方向。

这个时候千万不要自我否定，要相信自己，相信自己是迈向成功的第一步。当我们对自己充满信心时，我们会发现无论遇到什么困难，都有能力去解决它们。我们的内心会变得坚定，我们会变得更加勇敢和坚强。**相信自己不仅是对自己的一种肯定，更是对未来的一种期许。**

内心的力量往往决定了一个人的成长。有一个强大的内心可以帮助我们应对压力，克服困难，取得成功。在生活中我们会遇到各种各样的问题和挫折，但只有通过学会疗愈自己，我们才能保持内心的平静和坚忍，不断前行。让我们与自己建立良好的关系，慢慢发现自己的内在力量，实现自我成长和进步。有一些方法，可以帮助我们培养和提升内心的力量。

**建立积极的心态**：积极的心态是培养强大内心的基础。要学会积极地看待事物，并相信自己能够面对和克服任何挑战。通过积极的自我对话来消除负面的想法，相信自己的能力，这将帮助你保持乐观的心态。

**培养自信心**：自信是内心强大的关键。要认识自己的优势和价值，接受自己的不完美，并相信自己能够应对各种情况。通过不断的自我成长和取得小的成功，可以逐渐建立起坚定的自信心。

**坚持目标和原则**：一个内心强大的人通常有明确的目标和坚定的原则。设定具体的、可行的目标，并为之奋斗，这将给你的内心带来动力和方向感。同时无论遇到什么困难，都要坚持自己的原则。

**学会管理情绪**：情绪管理是内心强大的重要组成部分。要学会认识和理解自己的情绪，找到适合自己的情绪调节方法。通过冥想、运动、与朋友交流等方式，释放压力，保持情绪的平衡和稳定。

**培养逆境应对能力**：面对挫折和逆境时，内心强大的人会更加坚忍和有韧性。要学会从失败和困难中吸取教训，不气馁，保持积极的态度，并寻找解决问题的方法。相信每一次困境都是一个成长的机会。

**培养善良和宽容**：通过帮助他人、关心他人，可以培养善良的心态。学会宽容他人的错误和过失，能够减少自己的负能量，为自己和他人创造和谐的环境。

**要学会反思**：反思是一种自我觉察的过程，通过思考和回顾自己的行为，可以发现自己存在的问题并寻找解决方法。这个过程需要坦诚面对自己的缺点和错误，不断改进自己，从而让内心得到愈合。

**学会释放情绪：**我们经常会因为各种压力和挫折而情绪低落，这时候我们应该学会释放自己的情绪。可以通过倾诉、写日记、运动或者娱乐来让情绪得到宣泄，恢复内心的平衡和稳定。

## 无法重来的一生,要尽量活得没有遗憾

林清玄老师说:"快乐地活在当下,尽心即是完美。"

人这辈子,忙忙碌碌,努力生活,背负了太多的责任和压力。

在这无法重来的一生里,我们要学会听从自己的内心,尽量让自己活得开心,过得舒坦。

人生如梦,一转眼就消逝在时光的洪流中。我们无法预测未来,也无法回到过去重新开始。因此,我们应该珍惜当前的每一刻,活得充实无憾。

至于别人怎么看,怎么想,那是别人的课题,我们只需要做好自己的事情。

只有遵从内心,让自己过得开心快乐,才不枉来这人间一趟。

无论我们生活在世界的哪个角落,每个人的内心都怀揣着一个梦想,渴望成为自己的光芒。成为光芒的意义不仅仅在于在人

群中独特闪耀,更重要的是在生命的旅程中找到自己的真正价值和目标。

每个人都是独一无二的存在,拥有自己独特的才能和价值。但是,我们可能会被外界的舆论、他人的期望或者自身的不自信所困扰。然而,只有当我们能够从这些束缚中解脱出来,敢于做自己,才能够在人生的舞台上闪耀光芒。

**成为自己的光芒需要勇气和决心。**我们需要勇敢地面对自己的不足和挑战,并不断追求自我提升。这可能意味着我们要学习新的技能、开拓新的视野,或者放下过去的包袱,以更积极和乐观的态度去迎接新的机遇。

有个朋友是一名普通的教师,她已经当了十年的孩子王,曾经的一支粉笔、一块黑板变成了电子触摸白板,曾经的一本教学参考书换成了强大的网络教学资源!她为她所从事的教育事业越来越好倍感荣耀,亲历着时光日新月异的变化,她对自己当初的选择更加坚定不移。

她说她永远不会忘记刚参加工作时,学校墙上的一行大字"教育为公,达以天下为公",这让她心情激荡!从那时起她就告诉自己要做一名好老师。

十年里她收获了孩子们的信任和感激,这是最让她欣慰的事情。

记得那是开学的第一天,她满怀期待和兴奋,在教室里忐忑不安地等候每一个学生的到来。忽然,一个穿着与众不同的女孩悄悄地溜进教室,而她的眼神却再也收不回来了。这瘦瘦小小的女孩,不时用脏脏的袖口蹭蹭鼻子,一只脚穿着露着洞的运动鞋,拘谨地坐在自己的座位上,生怕被别人看见她破旧的鞋子。"这孩子的家长也太不把孩子当回事了吧?!"她不由得皱了皱眉头。后来她才了解到,那个女孩的爸爸妈妈出车祸去世了,与年迈的奶奶一起生活,老人靠收废品抚养孩子。从那天起,每隔一段时间,朋友都以各种理由帮助这个学生,夸她是上课回答问题的积极分子、作业最整齐,等等,而奖品则是牛奶、鸡蛋、小零食。班里的学生很懂事儿,他们也开始默默地关心那个女孩,还在教室里给她过了第一次生日。在生日会上,女孩只向同学们说了"谢谢"两个字,就再也说不下去了,只是对着老师鞠躬,偷偷流下眼泪……

毕业一年后,那个女孩来学校看老师,她长高了,也白净了,"怎么样?过得好吗?""老师您放心,我挺好的,老师,送您一支护手霜,我以后会努力考上好大学,好好报答您。"付出总能得到最好的回报,虽然只是10元钱的护手霜,朋友说那是她收到的最有意义的礼物!她感受到人世间最宝贵的财富——一个孩子的信任和感恩!

生命的旅程充满了选择,而我们的选择将决定我们一生的轨迹。在选择时,我们必须坚持自己的信念和原则,为之努力奋斗,不要后悔。尽管人生中的坎坷和困难可能使我们产生怀疑和迷茫，但我们必须记住，只有经历了失败，才能真正懂得成功的味道。所以，无论前方有多少艰难险阻，我们都应该勇往直前，毫不退缩。

如同残奥会带给大家的精神力量。过去，我们总沉醉于冠军的荣耀和对光鲜故事的追逐，却不会过多提及他们背后的努力和付出，更缺乏对于大多数默默无闻的运动员的关注。而今天，当所有聚光灯重新审视他们的时候，我们能否看到他们背后没有掌声和鲜花的时光？

"他们是数以万计叫不出名字的运动员，用整个运动生涯追寻梦想，他们也许拿不到金牌，但每一枚金牌背后都有他们的坚持……"对很多人来说，他们只是无闻的大多数，而对奥运精神来说，他们则是梦想里的坚定同行者，无冕亦英雄！

因为梦想无所谓输赢，更与成功失败无关。每个梦想都有着默默无闻的坚持，是跌倒后的又一次开始，也是在伤痛发作时的不放弃。默默无闻是在你看不到的身后，散发出更耀眼的光芒。

电视里短短数十秒的镜头，是无数奥运选手笃定的信念与执着，这一刻所展现的奥运梦想，没有繁杂炫目的镜头，没有明星光环的笼罩……但更真实深刻。更应该被更多人关注到的，是为了心中的梦想与追求，躬身前行，矢志不渝。

对于只有一次的人生，怎么样才能不辜负它？

当确定了一个小目标，一定要为这个目标去奋斗。不管这个过程有多累，一定要有坚持下去的决心。

曾经有一个记者问拳王阿里：你每天做多少个仰卧起坐？阿里回答道："我从来不数自己做了多少个仰卧起坐，我会一直做到肌肉痛到实在无法坚持，这才是关键。"

**只有不留遗憾地拼一把，我们才知道我们究竟要过什么样的生活。**

虽然我们无法回到过去，重来一次，但我们可以从现在开始，重新定义我们的人生。让我们对自己充满信心和勇气，积极面对每一天，享受每一个瞬间。不管是成功还是失败，愿我们都能以无憾的心态，过上充实精彩的一生。

在追求梦想的道路上，我们可能会遇到各种困难和阻碍。然而，我们不能因此轻易放弃。即使失败了，我们也要勇敢站起来，重新开始。追逐梦想的过程是辛苦的，但正是这种努力和坚持，使我们的梦想变为现实。我们要时刻保持积极的心态，相信自己的能力，努力实现内心的渴望。只有这样，我们才能在生命的最后时刻，不留下任何遗憾。

# PART 7

## 做好未来规划，
## 给自己铺设一种写意的生活

让自己变得更好，是解决一切问题的关键。
自律的顶端就是享受孤独，从而遇见更理想的自己。

## 每个人心里，都应该保留一片灯火

于人生而言，最糟糕的从来都不是孤独、贫困、疾病这些所谓的厄运，而是精神和心境始终处于一种自我放逐的状态，我们常称之为麻木。

既没有学会做自己喜欢的事，也没有学会当情况无法改变时以一种欢喜的心情做事，这才是人生真正的厄运。

事实上，在这个慌张内卷的世界上，人的自由从来有限，大概你所能支配的最大的自由，只有选择。我们常觉得是生活压迫控制了我们，但归根结底，哪一种生活的现状，不是我们自己选择的结果呢？

若我们没有选择它，它必不会来到我们的生活中。

那天晚风习习，我到江边散步。骤然间音乐声响起，是我喜欢听的《天使的翅膀》。

抬眼看去，一个女孩，面容清秀，正抚着吉他，忘情歌唱。

反正闲来无事，索性坐在沿岸的台阶上沉浸其中，歌声悠扬，我心也悠扬。

一曲唱罢，女孩灵秀的眸子望向我："姐姐，我唱得好听吗？"

这声姐姐叫得我心花怒放，一摸口袋里正好有50元钱，忙不迭起身送了过去。

女孩笑了："姐姐，我不是卖艺的啊。"

我有些尴尬了，忙给自己打圆场："那你再给姐姐唱两首呗，姐姐特别喜欢听你唱歌。"

"真的吗？"女孩的眸子更加明亮起来，"姐姐喜欢听，我就给你唱好了，不过钱就不要了。"

"那我怎么好意思听呢？将来你要是成为歌唱家，开演唱会不是也要收门票的吗？正儿八经的劳动所得，有什么难为情的？"

女孩笑了起来，眉眼弯弯，好似月牙，煞是好看："姐姐你觉得我能成为歌唱家吗？你要是这样讲，我就当这是你对我的祝福，那我就先收着了，一会儿我请姐姐吃烤串。"

悦耳的吉他声再度响起，是我喜欢的另一首歌，《不负人间》。

在路边的烧烤摊吃着我喜欢的烤串，满足又惬意。起风了，女孩撩一下眼前的刘海："姐姐，你是第一个给我钱的人，以前倒是也有，我没要，你懂吧？"

顿了顿，女孩说："谢谢姐姐，你让我体会到了自己的价值。"

价值？

我忽然想到，每个人自然都有其存在的价值，但做自己喜欢的事，并得到别人的认可，这种价值感的满足，应该更让人心旷神怡。

"你是学音乐的吗？"这是下意识的询问，因为她的水平和天赋至少在我这种非专业人士看来真的很好。

"不是，学音乐对于我这种普通人家的孩子来说很奢侈，理想的前提是吃饱饭。但在努力生活的同时我也不想放弃理想啊，为了生活我需要选择一个更实际的专业,但这并不妨碍我继续喜欢音乐。姐姐你看，这把吉他就是我大一那年兼职做家教赚钱买的。"

"为什么不去做直播呢？你的才华会被更多人看到的。"

"那太功利了，理想是很纯粹的，不是吗，姐姐？"

真的挺受触动的，夜里坐在沙发上沉思：自己儿时的理想是什么呢？

好像是吃遍天下美食，于是毅然决然放弃了减肥计划。

顺手点开自己的手机音乐："你是不是像我在太阳下低头，流着汗水默默辛苦地工作；你是不是像我就算受了冷漠，也决不放弃自己想要的生活……"

理想是很纯粹的，生活的苟且并不妨碍我们向远方张望，这是一个小女孩给我上的一堂人生课。她会成为怎样的人并不重要，即便一直不名一文、默默无闻，也会活得丰盈快乐。但谁又能说以后她不会成为出色的艺人呢？因为理想的关键就在于坚持。

那么，你当初的梦想呢？夭折了，是吗？其实没有关系，无论你觉得自己有多糟糕，你都可以让梦想重新照进现实。

那么现在，请在你的脑海里回忆一下自己曾经有过的奇思妙想，把它们发送到心灵的收件箱；（想法）

然后，根据你的实际情况和人生愿景，将这些想法重新分门别类，找到你最想做也可能做到的那一个；（选择）

接下来，在一再确定以后，明确这件事务必要做；（决心）

给自己一点时间，做个长足思考：我该从何做起，该怎样做，会遇到什么问题，该如何解决？

找个小本子，认真记录下来。（规划）

然后，还等什么呢？你该行动了！

有没有觉得让梦想照进现实的方法其实很简单——有想法，有选择，有决心，有规划，有行动，一步一个脚印地往前走，只要心中还有一盏灯，就一定会有光明照进人生曾经昏暗的角落。

## 阅读别人的作品是为了最终成为自己

法国启蒙思想家、文学家、哲学家伏尔泰曾说过:"书读的越多而不加思考,你就会觉得你知道得很多;但当你读书而思考越多的时候,就会清楚地看到,你知道得很少。"

我觉得每个人都应该意识到"自我"是什么。每个人应该知道,自己不想成为什么样的人,而且要学会发自内心地赋予自己价值。

这种自我认知的价值体现不在华服,不在美妆,更不在滤镜下的美丽图片之中。人生的每一次历练,都好像是一次小测试,看看我们是不是真的成长了,累积了几分功力与勇气,能够对抗多大强度的孤独和迷失。

一位朋友说,她很小的时候,父母给她最好的礼物,就是一间小书房。

书房里的经典图书让她从小就体会到了阅读带给她的乐趣。

她在每周末都会组织读书会，做自己喜欢的事情。

她说："丰盈的人，才能和平淡岁月友好相处。"

生活本来会有沉重、会有难过、会有沮丧，但即使这样，只要我们还抱有希望，这本身就是一种勇敢，我们在生活中真正的观众只有我们自己，人生就是一场自我较量，从关注自我开始，要找到属于自己的力量。

正如李白所言："轻舟已过万重山。"年轻时，我们读到的不仅是一种人生态度，更是一种自我挑战，一种对未知的探索。随着时光逝去，"轻舟已过万重山"演变成对人生的一种豁达和释然。当我们学会放下过去的包袱，以积极的心态面对生活的曲折与波折，我们会发现，人生的道路上，无处不是青山。

阅读会和我们有另一场对话，那是在见证爱、善良、真诚、相聚和分离的故事。

之前有一个很热门的话题：从哪一个时刻起，命运的齿轮开始转动……

有人说，这么多年，命运齿轮是一点没转，人生的链子快掉完了。

也有人说，年少时谈论的理想时代终于没有到来，现在我们是疲惫的中年人，时光飞速地奔向我们抵触的年岁，我们或许也变成了自己不想成为的那个人。

我们总怕来不及,来不及抓住最好的时间,来不及抓住最好的机遇。那些焦虑让我们与时间的关系变得紧张,好像人生被按了加速键一样,只能向前,不能停止和后退。

尊重生命,放下那些虚妄,安静地阅读,从书中汲取养分,心静才能领悟智慧箴言。当我们静下来阅读时,向内心深处安顿自己,会发现内心的丰盈与满足远比追赶时间更为可贵。

其实我们读书,不是为了成为一个学富五车的人,而是在一遍一遍与作品的揣摩交流中,重建内心和不断成长。

内心的建设和个体的成长是永恒的主题,我们在一次次的尝试中找到方向,构建一个新的自己。每一个新的自我都在回归,也都在重新出发。无数咬牙坚持的瞬间,无数崩溃又治愈的时刻,都在时间的流逝间汇成我们生命的宽度。不必否定自己,拥有直视自己内心的勇气,拥有让自己自由的能力,真心爱自己,听见自己的声音。

善良和信仰,成就与磨难,阅读让我们在多变的生活中找到无数个自己。

最珍贵的是,学到欣赏万千人生,欣赏这多变世界里难得的深刻。

对于爱读书的人来说，图书就是人生中的任意门，可以穿越到任何他们想去的地方。

所以，好好读书吧，我们一生中遥望满月的升起也许就那么几十次，生活不是为了走向复杂，而是为了体验当下。通过阅读，我们与自己的内心平和而丰盛地相处，请把每一天都当成是最好的一天。你认真阅读比生活本身更有意义。

### 认清一个重点：钱越存，价值越小

很多国人每个月最大的乐趣就是往银行卡里存钱，从上班存到退休，跑不赢通货膨胀不说，最后一分钱也没带走。

假如你是工薪一族，每个月省吃俭用，连投资自己的形象都舍不得，压榨自己的生活，然后将钱全部存进银行，那么你会越来越穷，因为你的钱会不断贬值。

举个非常简单的例子，上个月的土豆还是一元，这个月突然涨到两元了，可是你的存款利率上调了吗？即使偶尔上调，那也微不足道。

我们存起来的钱，其实用价值是变多还是变少了呢？

说到这里想起一个故事。

以前有个女人，人生理想就是成为万元户，每天她都要把赚来的钱数一遍,然后压到枕头底下才能睡着。

几年后,她的女儿考上了大学,学费差了一些,她摇了摇头:没钱。上学是要花钱的,而且还是女孩子,在她看来,这很不划算。

又过了几年,她的丈夫生了重病,无法根治的那种,但如果手术,以后大抵可以正常生活,如果任其发展,将会彻底丧失劳动力。她摇了摇头:没钱。

既然治不好,为什么还要花钱治呢?再存一些,我们家就可以成为村子里为数不多的万元户了。

突然有一天,她觉得自己这样存钱不安全:万一女儿偷去上学呢?万一男人拿去治病呢?

于是她把钱藏在铁盒子里,偷偷埋在厕所后面,四下无人的时候就拿出来清点一遍,陶醉在钱的味道之中。

女儿的同学毕业了,当时国家给分配工作,每个月都能给父母寄一些钱,同学家从贫困户一跃成为村里先富起来的那批人。女人依然在攒钱。

南方经济蓬勃发展,村里很多男人都外出打工,一两年后大家都盖起了新房。女人依然在攒钱。

50岁那年,女人终于实现理想,攒成了"万元户",她数着钱格外激动,当晚,突发脑溢血。

医院里,女人看着丈夫和女儿,极力想告诉他们藏钱的位置,可是已经口齿不清。

父女俩翻箱倒柜，炕洞都挖开了，始终找不到钱给她治病。

女人术后便失去了语言和行动能力，她又不会写字，道不出自己的秘密，心急如焚，没过多久二次脑梗，这次没有抢救过来。

原本不太富裕的家庭变得更加拮据，丈夫和女儿为她背了一身债务，家里的厕所后面，那只铁盒正在慢慢生锈，一同生锈的，还有她"矢志不移"攒下的钱。

如果你赚来的钱不能为你的人生服务，不能给你创造更多的价值，那么它跟厕纸没有什么两样，甚至还不如厕纸用着舒服。

人生财富的积累应是由挣钱向赚钱的转变，即由依靠工资收入转变为投资自己的人生，为人生创造更大的价值。

## 人生有梦不觉寒，一个人自有小清欢

我们的生命，从对着这个世界号啕大哭的那一刻起，就注定不会一帆风顺，然而逆风飘扬，才更显力量。

其实，真正让我们卑微的，不是别人的看不起，而是我们的自鄙；真正让我们失败的，不是重重阻力，而是我们对自己的狙击。

我相信任何事物都有美的一面，包括你眼中的悲惨与苦难，我相信在那看似阴暗的角落里，掩藏着不一样的烟火，但需要极大的勇气去寻找和点燃。倘若我们愿意给自己一个机会，我们就有很大机会看到一个很不一样的世界。

老家有个和我年龄相仿的男人可谓命运多舛。我对他并不太熟，但住在老矿区的人无人不知他的悲惨遭遇。

他七八岁时母亲因脑出血入院，落了个半身不遂。家里原本就不富裕，这下更是雪上加霜。

两年后，他母亲再次脑出血，撒手人寰。

他父亲是个矿工，常年在井下，极少有时间照顾他，所以从母亲过世以后，他就必须自己照顾自己。不是学会，而是必须。

18岁那年，他开始跟随父亲到井下作业，也是在那一年，他父亲被查出晚期肝癌，没到一年就含恨而终。

悲伤过后，流言四起，说他是扫把星的命，克爹娘，克亲人，没有人愿意让自己的孩子尤其是女儿和他接近，原本就孤零零的他更加孤单了。

他孤单而继续悲惨着。21岁时，一次升井，他为图方便违规搭乘绞车，没承想那么粗的缆绳说断就断了，亏得他反应敏捷迅速跳下，才捡回一条命来，但在惯性的作用下还是摔得不轻，出院后视力下降了很多。他拿着矿上给的一点儿赔偿款办了一个家庭型养殖场，卖肉鸡，从不缺斤少两。

老区的矿工们心地纯善，虽说不愿和他沾上关系、怕染晦气，但暗地里却口口相传："吃小鸡去他那买吧，这孩子挺可怜的。"所以他的生意一直不错，发不了大财也短不了吃穿。那年他把自家的菜园子规整了一下，有模有样地建起了鸡舍，准备开始往市内的一些酒店、餐馆推销，说不定钱赚多了就能娶到个好媳妇。

却不料不测风云说来就来，这场不测风云就是禽流感。那时节人们谈鸡色变，谁还敢吃鸡肉？他没有太多资金维系，到后来连饲料都买不起了，无奈之下只能将鸡全部低价处理，毫无疑问，赔了不少。

有段时间人们常看到他坐在山边发呆，后来就没了踪影，紧锁的铁门锈迹斑斑，空荡荡的院子荒凉冷清。有人说他去了外地，也有人说他想不开去找爸妈了。

他的去向竟成了个谜。

前些年市里棚改，家里的老房子因为一直没卖，母亲分了一套小面积的住房。趁放假陪母亲一起去看新房，竟与他不期而遇。母亲心直口快，说："这么多年你跑哪儿去了？街坊邻居都以为你出什么事儿了呢！"

他笑了笑，说："姨，我哪能那么想不开，我吃了那么多苦，不能白吃，必须要留着命等老了享享福啊。我当时就是觉得，在这里已经无路可走了，换个地方兴许就有路了。"

听他说，他当时去了南方，在一家养殖场当技术工人，后来就在那扎了根，娶了媳妇，生了孩子。家里的老房子一直没卖，当时是想着实在混不下去了还得回来。现在在那边过得挺好，平平安安。棚改的时候托亲戚给办了手续，现在回来准备把房子卖掉，以后就在南方定居了。

你看，一个人所受的苦，到后来可能会变成一种成全。

我常去购物的一家商场里有一个扮小丑的姑娘，能用气球扎出各种动物形象，逗得每个来吃饭的孩子都非常开心。她每天下午都来,每天大概能赚 100 元。不过,这只是她的兼职,她的主业是这家商场的导购。

有一次我忍不住问她:"妹妹,干吗要让自己这么辛苦?"

她笑笑,说:"姐,我家里穷,我要供弟弟上学,而且我想攒点钱去学平面设计,导购是吃青春饭,养不了自己一辈子的。"

当时听她这样说,忍不住感慨:"你这么漂亮,来自己工作的地方扮小丑,不会难为情吗?"

话一出口,就觉冒犯,还没等我找补,她却毫不介意地开了口:"姐,凭本事赚钱,有什么难为情的,我有钱赚,孩子们也开心,不是很好吗?"

说实话,我做不到她这样坦然,这个姑娘让我很是佩服。

这些真实鲜明的事例,让我不得不重新思考人生的幸运与不幸。

原来,幸与不幸并非一成不变。诚然,没有人能够完全控制自己在世间的遭遇,其中有太多的偶然性。因为偶然性,这才有了运气的好坏之分。有的人一开始运气特别好,有的人一开始运气特别坏,大多数人则介于其间,不太好也不太坏。

但我觉得幸运与幸福是两回事,真正幸福的人绝不是只靠运气。

一个人,只有经历过一些沉重的东西,灵魂才会变得厚重。对于重视人生感受的人来说,每一种苦难都是收入,他们的生命不会负债。也许这种人内心敏感，生命力却极其顽强，命运在打击他们的同时，也会给他们带来心灵上的收获作为补偿。**其实人间的事，只要生机不灭，即使重遭天灾人祸，暂被阻抑，终有抬头的日子。**

而生命中，最深刻的记忆，就在这高低起伏、苦辣酸甜之间。

若不能解悟，心中便有无数的魔。为反，为不觉，为执着和固执。

于是苦于看不透，看不透尘世间的纠葛与争斗，看不透红尘中的喧嚣与宁静；

于是苦于舍不得，舍不得曾经的拥有，过去的精彩，舍不得得意之时的鲜花与掌声，舍不得一抹流沙指尖滑落；

于是苦于输不起，输不起一时成败，输不起人生之中的每一次博弈；

于是苦于放不下，放不下日渐远离的人与事，放不下早已尘封的是与非，放不下痛了又痛的回忆。

然而，心中亦可有无数的佛。为正，为觉，为通达和智慧。

行者，若能以无垢的眼，观红尘千般，将质朴之心，置于宁静之中，便可与草木相安。

这一路行去，无论多少苦，只要心有一丝甜，就能超越所有的难；无论多大仇恨，只要心存一片海，就能冰释所有的嫌；无论多荒凉的城，只要心中有温暖，就能融化所有的寒。

这一路行去，莫辜负流淌于心中的美好，让行经的路上，开满爱的花朵，即便有一刻步入荒芜，也要尽量靠近阳光。

清幽岁月浅浅行，一个人自有小清欢，愿你能在辗转中学会从容，在阅尽千帆之后，仍能做最真的自己，在冷暖交织的日子里，学会善待与珍惜自己。